Die Welt geht All-In
Fantastische Pokergeschichten
Gregor Mann

AF286307

Bibliografische Information der Deutschen Nationalbibliothek
Die Deutsche Nationalbibliothek verzeichnet diese Publikation in der Deutschen Nationalbibliografie; detaillierte bibliografische Daten sind im Internet über http://dnb.d-nb.de abrufbar.

2,Auflage
© 2014 Gregor Mann

Herstellung und Verlag: Books on Demand GmbH, Norderstedt

ISBN: 978-3-837-00828-9

Für meine Frau und meinen Sohn.

Inhaltsangabe

Poker Noir

Es war ein Tag wie zahllose andere zuvor. Nein, eigentlich war der Tag noch schlimmer, denn meine Whiskyflasche war leer. Ich lief durch die Straßen, vorbei an den geschlossenen Bars, auf der Suche nach, nach, ... was weiß ich. Es war eine schwere Zeit, der Alkohol war verboten, und Geld war Mangelware.

Außerdem begann es zu regnen. Mein Trenchcoat war nass wie ein Taschentuch im Pazifik und besonders schlimm war, dass alles schwarz-weiß blieb, weil die Farbe erst Jahrzehnte später erfunden wurde.

Also beschloss ich in mein Büro zu gehen. Vielleicht war noch eine Flasche in meinem Schreibtisch. Außerdem musste ich mich rasieren. Es könnte Immerhin ein Kunde kommen. Es musste ein Kunde kommen. Andernfalls hätte ich mein Büro verloren, weil ich mit zwei Monatsmieten in der Kreide stand.

Auf dem Weg zum Büro lief ein Mann quer über die Straße. Er trug einen merkwürdigen roten Anzug und schrie nur: »Ich bin der Faden, ich bin der Faden, ich bin der Faden, Muahahahaha!« Zu viele Verrückte wohnten in meinem Viertel, dennoch war ich mir sicher, diesen Mann nie wieder zu sehen. Allerdings war ich mir auch sicher, dass er irgendeine Geschichte zu erzählen hat, wenn auch nicht meine.

Als ich im Büro ankam, bemerkte ich sofort einen eigenartigen Geruch. Nein, es waren nicht nur die alten Zigarrenstummel im Aschenbecher und auch nicht der Whiskyfleck auf dem Teppich. Es war auch nicht das Paar Socken vom letzten Herbst. Vielmehr war es ein lieblicher Duft, etwas Wohlriechendes. Ganz klar, es war ein Parfüm.

Mein Blick wanderte zu meinem Schreibtisch und da erblickte ich die Quelle des Duftes. »Sind Sie Pate? Marlon Pate?« Ich war überrascht, sie kannte meinen Namen. Wäre ich nicht verkatert und übermüdet gewesen, wäre mir sofort eingefallen, dass mein Name an der Glastür steht. Es fiel mir aber nicht ein.

Mir war sofort klar, dass ich mir diese Person genauer ansehen musste. Zuerst sah ich nur ihre Beine, ihre ewig langen Beine, die sämtliche Zungen dieses Planeten zum Schnalzen bringen konnten. Erst viele Augenblicke später sah ich ihr kurzes, graues

Kleid und ihre schwarze Handtasche, dann ihre strahlend grauen Augen. Sie waren wunderschön. Kristallklar wie ein grauer Bergsee, und dazu ihre knallig dunkelgrauen Lippen. Ich habe Schwarz-Weiß gehasst.

»Nennen Sie mich Schnüffler. Misses!« Sie nahm sich eine Zigarette aus ihrer Handtasche und führte sie langsam zu ihrem Mund. Niemals zuvor hörte ich dieses Knistern lauter als in jenem Moment. Sie hätte die Folie der Packung nicht mit der Zigarette zusammen in den Mund quetschen sollen.

»Miss. Mein Name ist Miss Elli Caldezone.« Ihr Name klang für mich wie eine zusammengefaltete Pizza, aber es störte nicht. Jede ihrer Bewegungen war es wert für sie zu sterben, oder besser, zu töten.
»Was kann ich für Sie tun, Miss Caldezone?« Langsam setzte ich mich an den Schreibtisch und nahm einen Zettel und einen Stift zur Hand. Mir war schnell klar, dass ich wie ein Profi wirken sollte, um dieser Kundin zu imponieren.

»Mein Bruder, der Professor Hoddie Caldezone, ist seit zwei Tagen spurlos verschwunden. Ich glaube, er wurde entführt.« Brüder wundervoller Frauen rettete ich schon immer gern. »Das ist etwas dünn. Was haben Sie noch für mich, Miss Calzone?« »Caldezone, nicht Calzone, Schnüffler. Mein Bruder ist Mathematiker und schrieb eine wissenschaftliche Abhandlung zum Thema Poker. Er wollte das theoretische Wissen in die Praxis umsetzen und suchte nach geeigneten Mitspielern. Offenbar hat er sie gefunden, jedenfalls wollte er vorgestern mit einem Franzosen pokern. Mehr weiß ich nicht.«

Franzose? Natürlich, das war beinahe zu einfach. Seit drei Monaten forderte ein Franzose sämtliche Spieler unserer Stadt heraus. Man sagte, er habe noch nie verloren. Nur drei seiner Gegner konnten die Aussage nicht bestätigen. Sie waren seit dem Spiel spurlos verschwunden. Nun waren es deren vier.

»Damit kann ich arbeiten, Miss Kaltezone.« »Caldezone, Schnüffler. Übernehmen Sie den Fall?« Es war mir sofort klar, dass ich den Fall übernehmen würde, und sei es nur, um noch einmal in ihre Augen blicken zu dürfen. Aber irgendwo in meinem Gehirn bemühte sich die Vernunft um Gehör und hatte damit Erfolg. »Ich muss Sie um einen Vorschuss bitten, Lady.« »Caldezone, Schnüffler, nicht Lady.« Was für eine Frau.

Sie nahm ihre Handtasche und wühlte darin

herum. Selbst ihre Wühlerei war von sanfter Magie durchtränkt. Gott, wäre ich gern ihre Handtasche gewesen. Wenig später zückte sie ein Bündel Scheine heraus, auf denen ‚getilgte Mietsorgen' stand. »Genügt dies als Vorschuss, Schnüffler?« Oh ja, und wie das genügte. Beinahe wäre ich durch mein Büro gehoppelt und hätte ihr im Vorbeihoppeln einen flüchtigen Kuss mit der Dauer einer Ewigkeit gegeben. Aber die Hoppelei hätte meinem Image sicher nicht gutgetan, den Kuss hingegen hätte ich nie bereut.

»Das genügt. Ich werde mich sofort um Ihren Bruder kümmern. Bisher habe ich alles und jeden gefunden.« Das stimmte, abgesehen von meiner Würde, meinem gepflegten Erscheinungsbild und anderen bedeutungslosen Dingen. Im Auffinden verschollener Personen war ich ein Ass.

Beiläufig zählte ich die Scheine und stellte fest, dass nach Abzug der Mietkosten noch einiges für mich blieb. Ich zählte Geld schneller als ein Hai seine Beute fängt, und sie hatte es gewiss nicht gesehen. Um dies zu prüfen, schaute ich auf. Sie war weg. Ich wette, sie hätte das Zählen trotzdem nicht gesehen.

*

Da stand ich nun vor dem ‚Winger-Club'. Ich war vorbereitet. In meinem Schulterhalfter befand sich meine geladene Kanone, bereit es mit jedem aufzunehmen. Eine kleine Pistole steckte ich meiner Socke. Unter meinem Hut wartete ein langes Tuch auf seinen Einsatz, übles Gesindel postfertig zu verpacken, und in meiner Tasche warteten etliche Dollar darauf, ihre Freunde einzuladen. Ich konnte nicht verlieren. Poker war mein Leben, bevor ich nach Chicago zog. In Vegas war ich eine feste Größe und gewann auf lange Sicht gegen alle. Wäre die eine Schießerei nicht gewesen, ich wäre immer noch dabei. Aber ich schwelgte nicht in weichgespülten Erinnerungen, ich ging hinein.

»Sie wünschen, Mister?« Es war der Tag der schönen Frauen, keine Frage. Die versammelte Stadtprominenz belagerte mehr als zwanzig Tische um sich von den Schönheiten bedienen zu lassen und weiteren Augenweiden beim Tanzen auf der Bühne zu genießen. Aber all die wunderbaren Geschöpfe wirkten nur wie von einem Handwerker gemalt, während Miss Caldezone von einem Künstler erschaffen wurde.

»Poker, Süße.« Ihr war sofort klar, wo sie mich hinzubringen hatte. Ich folgte ihr und betrat einen Hinterraum. Der Zigarrenqualm war so dicht wie ein zugefrorener See und es dauerte, bis ich die Spieler am Tisch erkennen konnte.

Als ersten erkannte ich Karl „Karten-Kalle" Macrone. Er sah aus, als wäre er auf einer Harley gezeugt. Hätte ich Kinder, ich würde sie eher einem hungrigen Rudel Wölfe anvertrauen als ihm. Man sah nicht viel an ihm, lange Haare verdeckten nahezu alles. Nur seine Augen hätte man erkennen können, aber die verbarg er hinter einer Sonnenbrille. Man hätte auch gegen einen Bobtail spielen können.

Der Zweite im Bunde war Walter „der Professor" Sick, seines Zeichens Buchhalter und millionenschwer. Wenn der Staat reich hätte werden wollen, sie hätten ihn anstellen müssen. Er war ein kleiner dicker Mann mit Brille, Glatze und einem widerlichen Dauergrinsen, aber mit Zahlen jonglierte keiner so gut wie er.

Die Nummer Drei war Elsa „Maneater" Cunningham, gelegentlich auch als „Schwarze Witwe" bekannt. Hätte ich jemals mit ihr geschlafen, ich hätte eben nicht geschlafen. In ihren Augen stand der Tod, doch der Rest ihres Körpers lässt Tote lebendig werden.

Nun erblickte ich endlich den Gastgeber. Gehört hatte ich einiges, gesehen hatte ich ihn noch nicht. Ein aalglatter Kerl, helle Haare, maßgeschneiderter Anzug, ein dezentes Grinsen. Hätte ich ihn gegriffen, wäre er mir wie ein Fisch aus den Händen entwichen, da war ich sicher.

»Herzlich Willkommen, Monsieur ...?« Er deutete mir meinen Platz und ich nahm denselben. »Mein Name spielt keine Rolle, ich möchte nur spielen.« Er war es gewohnt auf wenig Freundlichkeit zu treffen. Das war vortrefflich, denn ich war es nicht gewohnt, freundlich zu sein.

»Enchanté, Monsieur Niemand. Mein werter Name ist Nero Winger, mir gehört dieses bescheidene Etablissement. Wir spielen Hold'em ohne Limit. Sie erhalten Chips im Wert von 1.500 für eine bescheidene Gebühr von 10 Dollar, s'il-vous-plaît.« Eine der reizenden Damen nahm meine 10 Dollar in Empfang und registrierte meine Verblüffung scheinbar ebenso wie mein Gastgeber.

»Ihnen war die Höhe des Einsatzes nicht bekannt, Monsieur Niemand? Nun, wir suchen nicht den Reichtum, nur das Wissen, der Beste zu sein. Reich sind wir alle, aber der

Champion bin nur ich. Können wir beginnen?« Ich nickte so cool es eben ging.
»Merci. De rien. Trotz des bescheidenen Einsatzes ist der Gewinn énormément.«

Oh ja, der Gewinn. Ich wagte kaum mir auszumalen, wie der Gewinn auszusehen hatte. Aber dummerweise war ich genau deswegen hier. Während ich die Räumlichkeiten und den Gastgeber beiläufig auf mögliche Gefahren absuchte, betrat ein schmächtiger Mann den Raum. Es war der Geber. Kaum nahm er den letzten freien Platz, begann auch das Spiel.

*

Mir hätte auffallen sollen, dass die vier bisher nicht spielten, als hätten sie auf mich gewartet. Es fiel mir nicht auf. Zu viele Gedanken kreisten in meinem Kopf. Ich musste den Bruder des bezauberndsten Wesens, dem ich je begegnete, retten, und ich benötigte eine Strategie. Bei neuen Gegnern kamen zwei grundlegende Strategien in Betracht. Entweder werfe ich alle Karten weg und warte auf die mächtigen Siegkarten, das setzt allerdings voraus, dass die Gegenspieler schwach spielen. Oder aber ich halte bei niedrigen Einsätzen alles und gewinne große Mengen bei geglücktem Flop.

Das Schicksal nahm mir die Entscheidung ab. Nero Winger gab das Tempo vor und fütterte den Pot gewaltig, meine Karte hingegen war so aufregend wie ein Tag bei der Bauaufsichtsbehörde. Ich warf alle Karten weg und beobachtete meine Gegenspieler.

Karten-Kalle spielte gut, keine Frage. Er hatte nur den Fehler, dass er auf Neros aggressives Bieten nach dem Flop nicht reagieren wollte, er stieg zu oft aus. Die mächtigste Kreatur der Unterwelt war am Tisch ein sanftes Kuschelhäschen. Aber er nahm Elsa schon einige Chips weg, so dass er noch seine 1.500 Chips hält.

Elsa hingegen ist auf 700 gefallen, weil sie jede Hand hielt. Sie spielte grauenhaft, hat es aber immerhin geschafft, dem Dealer ihre Adresse zukommen zu lassen. Sie würde nicht mehr lange am Tisch bleiben, soviel war sicher, aber nach ihrem Willen war der Tag dennoch erfolgreich.

Der Professor verlor etwa 300, weil er stets rechnete. Winger beherrscht die Rechenkunst offenbar auch und bietet bei schwachen Karten exakt so viel, dass der Professor dies als unrentabel einstuft und aussteigt. Clever. Aber auch wenn ich damit schon zwei Spieler hinter mir wusste, musste ich etwas tun. Nach zahllosen Händen, die so erfreulich waren wie Zwiebeln schneiden, bekam ich als zehnte Starthand Bube und Acht in feinstem schwarzen Herz.

Erwähnte ich meine Abneigung gegen Schwarz-Weiß?

Die Blinds gingen gerade an mir vorüber, so konnte ich Nero und Elsa beobachten, bevor ich mich entschied. Nero erhöhte, wie er es nahezu jedes Spiel gemacht hatte, und Elsa hielt, wie sie es nahezu jedes Spiel gemacht hatte. Nur eines war anders, ich hielt ebenfalls. Der Professor und Karl Macrone warfen ihre Blinds weg. Nun musste ich meinen Vorteil umsetzen. Einerseits könnte ich eine gute Karte gefunden haben, andererseits wusste zumindest Nero, dass ich bisher nur abwarf. Die ersten drei Karten, die wir sehen durften, waren Zwei, Sieben und Zehn in unterschiedlichen Farben. Ich hatte also eine lausige Karte mit ebenso schwacher Chance auf eine Straße, aber die anderen dürften mit dem Flop auch unzufrieden gewesen sein.

Winger bot wie gewohnt, und Elsa wich von ihrer Strategie ab, sehr schön. Sie schaute auf ihren bescheidenen Chipstapel und dachte wahrscheinlich, dass sie noch etwas Zeit benötigte, um Kontakte zu knüpfen, also warf sie weg. Ich hingegen erhöhte Wingers Einsatz. Sollte er etwas getroffen haben, wäre die Idee schlecht, aber er bot zu aggressiv, wie ich annahm.

»Sie hätten mehr Chips aus diesem Spiel holen können, Monsieur Niemand. Wenn Sie nach zehn Spielen erstmals bieten, dann weiß jeder imbécile, welch mächtige Karte Sie haben.« Er warf seine Karten lächelnd in die Tischmitte.

»Ich gewinne lieber auf Augenhöhe, als aufgrund schlechter Einschätzung meiner Gegner.« Ich zeigte meine schlechte Karte, wie ich es für gewöhnlich nicht machen würde. Allerdings erhoffte ich mir etwas Furcht am Tisch, damit ich den Anschluss zu Winger finden konnte. Ich plante selbst, das Tempo vorzugeben, und das konnte nur funktionieren, wenn ich am Tisch einen Status hatte. Nun hatte ich den Status, und war zudem auf 1.700 Chips, immerhin.

»Gar nicht schlecht, Monsieur Niemand. Sie machen sich interessant. Très bien. Es wird mir eine große Freude sein, Sie zu besiegen.«

Zu Beginn spielte wir vier gegen eins, nun war die Verteilung drei gegen eins gegen eins, das sagte mir zu. Ab dem Zeitpunkt bot Winger nicht mehr immer und im Gegenzug wurden meine Gebote ernst genommen und analysiert. Es war wie damals in Vegas, ich hatte Macht. Ich schmeckte die Angst meiner Gegenspieler und kam Stück für Stück an Winger heran. Bis Elsa nach einer Erhöhung vor dem Flop ihre Chips in die Mitte schob, begleitet von einem lächelnden »All In.« Sie hätte weniger gelächelt, wenn sie gewusst hätte, dass Winger hält. Sie zeigte uns strahlend ihre beiden Könige und wusste, dass sie ins Spiel zurückfindet und am Ende des Abends mit irgendwem von uns nach Hause ging. Dieses Wissen bekam Risse wie die Wände meines Büros als sie sah, dass Winger zwei Asse auf der Hand hielt. Sie verlor, und Winger wurde wieder reicher. Wir waren noch zu viert.

Wortlos verließ Elsa das Zimmer.

Wenig später waren Karl und ich im Flop. Ich hielt ein mittleres Pärchen und wartete auf sein Gebot, das auch kam, begleitet von einem Ich-weiß-alles-Blick. Er schob die Sonnenbrille auf die Nasenspitze und versuchte mich mit seinem Blick zu töten. Es könnte damit zusammenhängen, dass ich seinen Kumpanen wegen Banküberfalls überführt hatte und er etliche Jahre hinter schwedischen Gardinen verbrachte. Ich zog es in dem Moment vor, auf taktische Tricks zu setzen. Warum schaute er mich auffällig an?

Hätte er mich als schwachen Gegner eingeschätzt, so hätte er gehofft, dass ich mich einschüchtern lasse und aussteige. Dieser simple Gedanke war so abwegig wie die Vermutung, er wüsste, wozu ein Rasiermesser gedacht wäre. Wäre er davon ausgegangen, dass ich die Tricks kenne, dann müsste seine Hoffnung gewesen sein, dass ich gerade wegen des Blickes im Spiel bleibe und auf seine Provokation einginge. Doch ich schätzte, er ging noch einen Schritt weiter, weil er genau wusste, wie das Spiel funktioniert und hatte tatsächlich nichts. Sein ganzes Gehabe diente also nur dem Status, wie bei mir zuvor.

Konsequent erhöhte ich, um kein Risiko eines Glückstreffers im Turn befürchten zu müssen. Er schaute mich weiter eindringlich an um zu signalisieren, dass er genau weiß, wer was auf der Hand hat. Es ist unwahrscheinlich, dass er nach Signalen suchte, dafür war das Ganze zu sehr geschauspielert. Ich hatte Zeit. Nichts auf der Welt war mir freundlicher gesonnen als die Zeit. Manches Mal verfluchte ich sie dafür, aber an diesem Tage war sie hilfreich. Es kam, wie es kommen musste, er faltete zusammen. Natürlich mit dem Siegerblick, alles richtig gewusst zu haben. Aber das war nur Show, der Sieger war ich.

Winger spielte seit einigen Runden vorsichtig und hielt seine Chips beisammen. Ich erkannte sofort, dass hinter dieser Angst vor dem Verlieren taktisches Kalkül lag, Karl erkannte es nicht, als sie sich im Flop trafen. Kein Gebot kam seitens Winger, er hielt bis zum River nur, bevor er Karl dazu trieb, alle seine Chips zu setzen. Mit seinem höchsten Pärchen fühlte sich Karl dennoch sicher, bis er den Drilling des Franzosen erblicken musste.

»Verdammter Franzose. Nächstes Mal bist du dran.«

Das berührte Winger nicht wirklich.

»Au revoir. Wenn du mir versprichst, das Geld in eine Frisur anzulegen, bekommst du deinen Einsatz zurück.«

Wütend verließ Karten-Kalle das Zimmer und knallte die Tür zu. Wir waren noch drei.

Zu diesem Zeitpunkt hielt Nero bereits zwei Drittel aller Chips, ich musste reagieren. Es kam mir sehr gelegen, dass der Professor in dem Moment mit mir in den Flop ging, als ich mit einem Pärchen Sieben im Flop Herz Sieben, Herz Zwei und Pik Zwei sah. Mit einem Full House war ich sicher der Sieger, doch Walter rechnete nach. Das konnte nur bedeuten, er hielt zwei Herz und wollte den Flush. Ich rechnete mit und bot genau die

Summe, die er nach seiner Rechnung bereit sein musste, zu investieren. Genau so kam es. Als im River mit Herz Zehn sein Flush komplett war, schob er seine restlichen Chips in die Mitte. Er konnte herausragend rechnen, aber mit meinem Full House rechnete er nicht, ich gewann.

»Das ist unmöglich. Ich hätte gewinnen müssen. Ich musste gewinnen. Die Chance war riesig, ich konnte gar nicht verlieren.« Dieses verzweifelte Schauspiel zog sich etwas hin, bis es dem Franzosen gelang, ihn aus dem Zimmer zu befördern. Wir waren zu zweit. Meine Chips waren weniger als seine, und dennoch musste ich gewinnen.

Das Spiel zog sich hin wie ein geschmackloser Kaugummi. Zu Beginn unseres finalen Duells bot er hoch, und ich warf weg, bis ich mit einem Bluff sein Gebot massiv erhöhte. Abermals machte ich ihn mit offenen Karten darauf aufmerksam, dass er sich für mich bessere Tricks einfallen lassen müsste. Damit konnte ich das Spiel beruhigen. Es vergingen zwei ereignisarme Stunden, wir haben kaum Chips getauscht, einige Zigarren geraucht und viel Wasser getrunken. Nunmehr hatte ich etwa vierzig Prozent der Chips, kaum mehr als zu Beginn des Heads Up.

Er bot hoch, als ich König, Dame hielt. Im Flop

lagen Bube, Zehn und eine Zwei. Die Chance, dass ich ein Pärchen oder eine Straße finden würde, lagen bei über fünfzig Prozent. Abermals bot er hoch und ich hielt. Dann kam die gewünschte Neun.

»Ein wunderbarer Abend findet hier sein Ende, Monsieur Niemand.« Er bot gewohnt hoch. Natürlich wusste ich Dank seiner Worte, dass er mehr hatte als das erwartete Pärchen. Das ich es dem Glück verdanke, ihn zu besiegen, verschleierte ich und setzte alle meine Chips. »Merci, mon ami.«

Bevor er seine Karten aufdecken konnte, warf ich ihm ein Lächeln um die Ohren, das ihn nahe an die Taubheit gebracht haben musste. »Ich habe zu danken. Dass Sie einen Drilling haben, weiß ich. Ich bin allerdings schon komplett.«

Wir deckten die Karten auf, und ich hatte Recht. Mein spielerischer Fehler war vergessen, sein Entsetzen füllte den Raum und machte mich schmunzeln. Die letzte Karte half ihm nicht, mir gehörten nun die meisten Chips.

Es dauerte nicht viele Blätter, bevor er vor dem Flop seine Ersparnisse in die Mitte schob. Abermals war der Zeitpunkt erfreulich. Er zeigte As, Dame, ich hielt As, König. Das war kein würdiges Finale, aber ein befriedigendes. Ich habe ihn besiegt, zumal keine brauchbaren Karten kamen. Während der Geber die letzte Karte aufdeckte und mich als Sieger feststellen ließ, atmete ich für andere unsichtbar tief durch und dankte dem Glück, das die entsprechende Würze meines Talents bedeutete. Der beste Spieler am Tisch hat gewonnen, doch das gefiel meinem Gegenspieler weniger.

»Merde! Merde! Merde!«

Er sprang auf und trat gegen seinen Stuhl. Seine Beherrschung verflüchtigte sich wie meine Hoffnung auf die Lösung des Falles, als zwei immens große Männer den Raum betraten. Es war zu spät, meine Kanone zu ziehen, also blieb ich betont cool und wartete auf meine Chancen. Doch langsam wurde mir klar, wie die Sieger behandelt wurden.

»Ich habe gewonnen, Winger. Ich war besser und habe gewonnen. Ursache, Wirkung. Ein einfaches kausales Gesetz.«

»Kausalität? Das sagt mir nichts.« Schade.

Die beiden Männer standen mir an der Seite, beide in schwarzen Anzügen und Krawatten, mit Sonnenbrillen und Schultern, die breiter schienen als die Spannweite eines Charterflugzeuges. Selbst wenn sie unbewaffnet waren, so hätten sie mir in

Sekunden helfen können, alle meine Knochen kennenzulernen.

»Seien Sie so freundlich, und händigen Sie Rocko und Brutus Ihre Waffen aus, Monsieur Pate. Auf Sie wartet Ihr Preis.« Er wusste, wer ich bin. Die Fassade löst sich in Wohlgefallen auf. Es war von Anfang an keine gewinnbare Situation. Es war wichtiger denn je, cool zu bleiben und auf die einzige Chance zu warten, die mir das Leben retten und gleichsam den Fall lösen sollte. Vorerst gehorchte ich und gab Rocko die beiden Waffen. Vielleicht war es auch Brutus. Die beiden sahen aus wie ein und derselbe Kleiderschrank, beide zudem scheinbar ohne Inhalt.

*

Winger, seine beiden mobilen Möbel und ich fuhren mit seiner Limousine zum Flughafen. Etwas überrascht war ich, dass wir in ein Linienflugzeug stiegen. Wir gingen alle durch die Kontrolle, und scheinbar hatten meine Begleiter keinerlei Waffen. Es war die Chance, zu entkommen. Aber würde ich den Fall jemals lösen? Ich entschied mich zu warten. Es mag mein Mut gewesen sein, vielleicht auch meine Dummheit, aber wahrscheinlich lag es einfach an Miss

Caldezone, dass ich blieb.

Gesprochen haben wir kaum. Mir fiel nichts Gescheites ein, Winger war wohl nach wie vor wenig erfreut und die beiden Wolkenkratzer waren augenscheinlich ausreichend mit cool aussehen und atmen beschäftigt. So begann eine lange Reise am späten Abend, und ich hatte Zeit zum Nachdenken. Meine große Hoffnung war, dass er mich zu Miss Caldezones Bruder führte, damit ich dann ...
Ich schlief ein.

»Wachen Sie auf, Monsieur Pate, wir sind angekommen. Ihre spielerischen Qualitäten verblassen gegen Ihre Fertigkeiten darin, Geräusche zu machen, die lauter sind als das Motorengeheule dieser Maschine.«
Als ich sein Gesicht sah, wurde mir sofort bewusst, wo ich war. Dennoch musste ich etliche Stunden verschlafen haben.
»Erst dieser Alptraum, nun dieses hässliche Gesicht.«
»Wie meinen?«
»Das habe ich nur gedacht, oder?«
»Ich fürchte, non.«
Nun, man sollte einen gerade wach gewordenen Schnüffler nicht in ein Gespräch verwickeln. Ob Nero Winger daraus Lehren

zog, blieb fraglich. Ob ich noch Lehren verteilen würde, ebenso. Um die Anspannung zu lösen, begann ich ein belangloses Gespräch.

»Wie ist das Wetter?«

»Il pleut.«

»Blöd?«

»Es regnet, mon dieu.«

Ich ließ es mit dem Gespräch und folgte ihm und seinen beiden Brückenpfeilern. Wir verließen den Pariser Flughafen und stiegen in ein sehr kleines Taxi. Ich teilte die Rückbank mit den beiden Titanen und wusste endlich, wie sich ein Hot Dog fühlte. Die beiden waren das Brötchen, ich das arme Würstchen.

Nach einer Unzahl französischer Flüche seitens des Taxifahrers, kamen wir bei unserem Ziel an. Eine riesige Lagerhalle inmitten eines großen Nichts baute sich vor uns auf. Winger muss einige Nachbarhallen aufgekauft und abgerissen haben. Ein riesiges abgezäuntes Areal, nur für eine Lagerhalle, dass war doch reichlich sonderbar. Zahlreiche Wachen patrouillierten mit ihren Schäferhunden. Soviel war klar, ich hatte die Chance zur Flucht verpasst. Ab jetzt wird alles schwieriger. Warum hatte ich so lange gewartet? Warum fühlte ich mich sicher? Nun wird mir in Kürze die Rechnung präsentiert.

Wir stiegen aus dem Taxi aus und gingen durch das Tor. Ich zählte bereits zwölf Wachen und acht Hunde, nein, zehn Hunde, und sechzehn Wachen, vierzehn Hunde, ... Es waren ein Berg voll Wachen und ein Haufen Hunde. Alles, was ich zur Flucht benötigte, waren ein Maschinengewehr für die Wachen und Knochen von etwa drei Rindern. Mein Leben sah ich im Schnelldurchlauf vor meinem geistigen Auge. Es war niederschmetternd.

Vor der Lagerhalle hielten wir an.

»Hier endet die Reise, Monsieur Pate. Ihr Preis wartet dort drinnen. Es wird mir eine Freude sein, diesem Ereignis beizuwohnen. Treten Sie ein, s'il-vous-plaît.«

Ein letzter Blick auf das Areal wurde jäh unterbrochen.

»Vite!«

Ich betrat die Halle. Das, was ich sah, überraschte mich. Anstatt einer typischen Lagerhalleneinrichtung erblickte ich vielmehr ein Hotel. Ich sah zwei Etagen, oben zweifelsfrei eine stattliche Anzahl von Zimmern. Im unteren Bereich fiel mir ein Foyer auf, und noch auffälliger war der weiche flauschige graue Teppich, absolut edel. Im rechten Teil der Halle standen etliche

Pokertische, und die meisten waren gut besetzt. Was ging hier vor?

»Hier ist Ihr neues Zuhause, Monsieur Pate. Wie versprochen erhalten Sie für ein Jahr Aufenthalt einhunderttausend Dollar. Sie spielen mit den anderen, die mich im Laufe des letzten Jahres besiegt haben, und werden mit den anderen Ihr Wissen an mich weitergeben. Ich wünsche viel Vergnügen.«

Das war alles? Die vermissten Personen ließen sich verwöhnen, spielten Poker und verdienten dabei Unsummen, nur um dieser gediegenen französischen Sondermischung Pokerunterricht zu erteilen?

»Wie versprochen?«

»Sie wussten nichts davon? Mon dieu, ich dachte, Sie wären meiner Einladung gefolgt. Lesen Sie denn keine Post?«

Zugegeben, ich las sie nicht, ich benutzte sie als Kaminanzünder.

Der Fall war geklärt, und der Bruder gefunden, ein außerordentlich guter Spieler übrigens. Ich badete täglich in Champagner und trank ihn in rauhen Mengen. Also nicht den, in dem ich gebadet habe, natürlich. Nero Winger wurde ein erfolgreicher Pokerspieler. Aber würde ich Miss Caldezone jemals wieder sehen? Ich wusste nicht einmal, ob ich meine Zahnbürste am nächsten Morgen wieder sähe. Aber die

Zukunft hält stets Überraschungen bereit. Mon dieu, Französisch ist eine dämliche Sprache. Oui?

Universal Harmagedon

Das Universal Harmagedon, von den meisten Menschen nur UH genannt, ist ein schwarzes kleines rundes Nichts. So jedenfalls könnte man es nennen, wenn man den Durchmesser unserer Sonne mit 400 multipliziert als klein bezeichnen möchte. Da sich dieses Nichts etwa 4,4 Lichtjahre entfernt aufhält, in unmittelbarer Nachbarschaft der Rigil Kentaurus, wirkt es zumindest klein. Unabhängig der Größe und des Standortes ist das UH die größte Bedrohung des Universums. Einige halten es für Gott, andere für das gebündelte Böse aller Welten und wiederum andere vermuten hinter einem gewaltigen Schutzmantel eine intelligente Lebensform, die nur auf die Vergrößerung ihrer Macht und auf Zerstörung aus ist.

Zerstörung beherrscht das UH ausgezeichnet. In Form von riesigen Feuerbällen, bar jeder bekannten Naturgesetze, größer als das UH selbst, zerstört es unaufhaltsam ganze Galaxien. Doch im Universum kursiert das Gerücht, dass es, wenn auch unbesiegbar, von seinem Plan abgebracht werden kann. Niemand weiß genau, wie es funktioniert, aber es soll eine schwierige Aufgabe sein, die es zu meistern gilt. Die Lösung dieser Aufgabe liegt in den Händen von Captain Dyson, Oberbefehlshaber des Raumschiffes MSS Peacemaker, dem größten und stärksten Schiff der irdischen Flotte. Wir schreiben das Jahr 2064.

Seit wenigen Augenblicken befindet sich die Peacemaker auf Kurs Richtung UH. Auf der Brücke des stolzen Schiffes befinden sich vier Männer. Der Captain, ein ebenso weiser wie grauhaariger und graubärtiger Mann, der unscheinbare Commander Finch, der gewaltige und nicht sehr geistreich wirkende Lieutenant Hoover sowie der erst fünfundzwanzigjährige Professor Jansson, seines Zeichens schwedisches Genie mit einer Vorliebe für Plasma-Skateboard und vollsynthetischem Very-Fast-Food. Er ist Zivilist und soll die Universallösung auf alle Probleme darstellen, so hofft das entsprechende Gremium zumindest.

Augenblicklich beobachtet der Captain angespannt den großen Monitor, während Finch scheinbar relevante Details am Computer ausrechnet. Lieutenant Hoover, die Nummer Zwei an Bord der Peacemaker, erfreut sich an seinen Bizeps und der Professor, der einzige Mann auf der Brücke, der statt der schmucken schwarzblauen

Uniform einen weißen Kittel nebst Turnschuhen trägt, betrachtet sichtlich interessiert ein kleines Gerät.

»Wie funktioniert der Phased Energy Rectification, Captain?«

»Es existieren keine Phaser, Professor.«

Sichtlich enttäuscht betrachtet Jansson das Ding weiter. Hoover geht auf den Professor zu.

»Gib mir meinen Rasierapparat, du Genie. Wenn du sehen willst, wie er funktioniert, dann zeige ich dir das an deinen langen Zotteln.«

»Du hast die richtige Einstellung zum Leben, Großer. In weniger als vierundzwanzig Stunden wird das menschliche Leben ausgelöscht, aber dein Gesicht ist glatt wie ein Babypopo. Respekt.« Erste Freundschaften werden geknüpft.

»Wann erreichen wir den Bestimmungsort, Commander Finch?«

»In etwa zweiundzwanzig Stunden, Captain.«

Nachdenklich streicht der Captain durch seinen Bart. »Also haben wir weniger als zwei Stunden, um vor Ort das Problem zu lösen. Das ist kein großes Zeitfenster.« Die Crew stimmt stillschweigend zu.

»Was wissen wir über dieses Ding? Wie bereiten wir uns vor? Vorschläge?«

Die Brücke ist ein runder Raum, ringsum mit Monitoren und Tastaturen umgeben. In der Mitte thront der Sessel des Captains. Die kreativen Erbauer dieses Raumschiffes haben alles technisch Machbare geleistet, doch im Design waren sie weit weniger einfallsreich. Sie haben die Brücke zahlreichen Filmen nachempfunden, gleich, ob die Anordnung praktisch, hübsch oder anderweitig sinnvoll wäre. Rechts vom Captain arbeitet Finch am Bildschirm, links spielt Jansson am Computer und in der Mitte steht Hoover, einfach so. Finch geht zuerst auf die Frage des Captains ein.

»Wir wissen, in welchem Zeitrahmen sich die Vorgänge des UH abspielen. Darüber hinaus wissen wir, dass es sämtliche Waffen einfach schluckt. Unsere Freunde haben berichtet, dass ein Volk ein Arsenal verschossen hat, dass Sonnen explodieren lassen würde. Das UH reagierte nicht darauf, es nahm keinen Schaden und wurde nicht aggressiv. Wir könnten also schießen, allerdings wird das nichts bringen. Apropos Waffen.« Finch wendet sich von dem Captain ab und blickt zu Jansson. »Sie haben schön mit dem Stick gespielt und den Plastikdeckel geöffnet, verehrter Professor, aber wenn sie den roten Knopf drücken, würden sie eine Rakete sinnlos in den Raum schießen. Es wäre sehr freundlich, wenn Sie den Plastikdeckel wieder zuklappen würden.«

Das scheint den Professor eher noch zu stimulieren, aber nach kurzem Zögern folgt er der Bitte, während der Captain nur leicht nickt.

»Danke für die Zusammenfassung, Commander. Wir wissen also nichts. Gibt es von unseren Freunden Informationen bezüglich der Prüfung?« Nachdem Jansson die Spielzeuge ausgegangen sind, widmet er sich der Unterhaltung.

»Wenn es unsere Freunde sind, Captain, warum haben wir nicht einen von den Außerirdischen an Bord? Ich meine, in den Filmen ist immer ein Außerirdischer an Bord.«

»Sie sind an Bord, Professor. Außerdem haben wir Dank modernster Technik eine Übertragung gefunden, die zwei Jahre dauert. Das betrifft reine Daten. Der Personentransfer würde aktuell immer noch siebzig Jahre dauern. Unsere Freunde haben uns versichert, dass sie über niemanden verfügen, der dieses Alter erreicht. Und unser Interesse Babys durch das Weltall zu schicken, hält sich in Grenzen. Konstruktives?«

Der Captain gibt sich Mühe, seinen zivilen Gast freundlich zu behandeln. Wirklich respektiert wird er nicht, aber er legt scheinbar auch keinen gesteigerten Wert darauf. Dennoch teilt er ab und zu auch brauchbare Ideen mit.

»Ich möchte noch etwas anmerken, Chef. Wenn dieser Klumpen eine Frage stellt, dann hat das einen Grund. Damit diese Frage auch einen Sinn hat, muss man sie beantworten können. folglich richtet er sie nach der jeweiligen Rasse aus, die er zu vernichten gedenkt. Entweder werden wir getestet im logischen Bereich, um unsere Intelligenz zu messen, oder wir bekommen eine unmögliche Frage, und unser Verhalten wird getestet. Ich habe errechnet, dass mit achtundachtzig prozentiger Wahrscheinlichkeit der Faktor Auftreten relevant ist. Wir sollten es als Spiel betrachten und lässig an die Sache herangehen. Das könnte Eindruck machen. Und wenn wir besonders clever aussehen müssen, dann schicken wir den Steroidenhaufen ins Rennen, das verwirrt.«

»Das mag stimmen, Professor. Aber in Anbetracht dessen, dass neun Milliarden Menschen sterben können, wenn wir einen Fehler machen, ist das lässige Auftreten nicht so leicht, wie Sie vielleicht meinen.«

»Dafür bin ich ja da.«

»Das beruhigt mich so sehr wie eine Kelle Kaffeeinstantpulver.«

Die Ausgangslage ist düster, die Zukunft ungewiss und keine brauchbare Vorbereitung möglich. Alles, was die letzte Hoffnung der Menschheit tun kann, ist auf den Augenblick zu warten.

*

Zwölf Stunden sind bereits vergangen. Die letzten Stunden verbrachte Jansson in seiner Kabine, während Finch und Dyson die Stellung halten. Hoover kann seit kurzem mit dem Zeigefinger im Mund Plopp-Geräusche abgeben. Er ist sehr stolz darauf.
»Captain?«
»Commander?«
»Das sollten sie sich anschauen. Ich schalte auf den großen Monitor.«
Gespannt blickt der Captain auf den Bildschirm und traut seinen Augen kaum. »Sehen wir dasselbe, Commander?« Finch kann nur bestätigen. »Ich fürchte, ja.« Ein winziger Asteroid umkreist das Raumschiff, und mit ihm ein rothaariger Mann in rotem Overall mit einem Schild in der Hand, ohne Schutzanzug oder Atemgerät. »Was steht auf dem Schild, Commander?« »Ich gehe auf Zoom, Captain.« Wenige Augenblicke später erkennen sie die Botschaft.

EINES IHRER TRIEBWERKE FÄLLT JETZT AUS. IST DAS NICHT SCHÖN? LIEBE GRÜSSE. DER ROTE FADEN.

Noch bevor sie darüber nachdenken können, ertönt das im Sessel integrierte Funkgerät. »Maschinenraum an Brücke. Captain? Ein Triebwerk ist ausgefallen.« Ungläubig schauen sich der Captain und Finch an, bevor Dyson antwortet. »Hier spricht der Captain. Wie schlimm ist es?«

»Ich konnte das Problem eingrenzen, aber wir verlieren mindestens eine Stunde, bis ich das repariert habe.« Der Captain wendet sich an Hoover. »Lieutenant, gehen Sie in den Maschinenraum und sehen Sie nach, ob sie helfen können. Irgendwelche Rohre hochheben, oder was eben anfällt.« Mit einem Nicken begibt sich Hoover auf den Weg. »Maschinenraum, ich schicke euch Lieutenant Hoover als Verstärkung. Löst das Problem, so schnell Ihr könnt.« »Verstanden, Captain.«

»Was meinen Sie, Commander, eine erste Prüfung?« Finch wendet sich dem Captain zu. »Das passt nicht zum bekannten Schema des UH. Eventuell ist das eines der Geheimnisse des Universums, dass gelöst werden muss. Immerhin war es ein sehr freundliches

Geheimnis, es grüsste uns.« »Grandioser Einwand, Commander.« Dyson ist ein freundlicher Mensch, doch sein Humor hat sich mit dem Triebwerk verabschiedet.

Jansson betritt die Brücke. »Hallo, Jungs. Werden wir langsamer?« »Sie sind wirklich ein Genie. Dank des Ausgleichs kann kein menschliches Wesen ermitteln, ob das Raumschiff steht oder sich bewegt.« Noch leicht schläfrig gähnt der Professor. »Das wird stimmen, aber ein menschliches Wesen kann sich in den Funk hacken, um rechtzeitig auf der Brücke zu sein, wenn die Show beginnt. Eine Stunde weniger klingt amüsant.« Die letzte Aussage quittiert der Captain mit einem Kopfschütteln.

*

Die nächsten Stunden verlaufen nach Plan. Das ausgefallene Triebwerk verzögert den Flug um ziemlich genau eine Stunde, der Rest der Fahrt bleibt im Zeitrahmen. Finch lässt den Computer kaum aus den Augen, der Captain ist kurz in seinem Sessel eingeschlafen und wacht gerade auf, Jansson bewundert den Plastikdeckel des roten Knopfes, den er mit einem Notizzettel mit der Aufschrift BLAU beklebt hat, und

Hoover fällt gerade ein, dass er mal wieder einatmen könnte. Jeder bereitet sich so gut vor, wie es eben geht.

»Erwartete Ankunft in fünfzehn Minuten, Captain. Soll es auf den Schirm?« Mit einer geringfügigen Geste bestätigt er den Vorschlag. Die vier sehen die Umrisse eines gewaltigen Feuerballs, der scheinbar keine Quelle des Ursprungs hat, sondern einfach Fragment für Fragment aufgebaut wird. Das eigentliche Harmagedon scheint mittendrin und doch dahinter zu sein. Das Schauspiel ist imposant, aber im eigentlichen Sinne nicht einmal bedrohlich wirkend. »Was ergeben die Messungen, Commander?« Wie die letzten Stunden tippt Finch ohne Unterlass. »Keine Hitze, keine andere Energie. Nach unseren Messungen ist das Ding eigentlich nicht da.« Der Professor fühlt sich angesprochen. »Wie schön, dann fliegen wir nach Hause und lassen uns feiern.« Er wird ignoriert.

»Zehn Minuten, Captain, dann sind wir unmittelbar davor und, und, nun, dann sind wir eben direkt davor.« »Ihre präzisen Aussagen sind beeindruckend, Commander. Wir werden sehen, was dann geschieht. Kurs halten, und wer möchte, sollte beten.« Die nächsten Minuten werden zu Ewigkeiten.

Gebannt schauen die vier auf den großen Monitor und bestaunen den Feuerball, der wie ein Puzzle nach und nach vollständig zu werden scheint. Längst hat Finch anhand der bekannten Daten ermittelt, dass sie gerade zwanzig Minuten zum Lösen der Aufgabe haben werden, doch ob sie genügen, weiß niemand.

Nun sind sie angekommen. Die Peacemaker hat ihren Bestimmungsort erreicht, doch nichts geschieht. Warten. Plötzlich materialisieren sich aus dem Nichts riesige weiße Buchstaben und Zahlen.

LEBEN ODER TOD. IHR ENTSCHEIDET.

»Finch, Professor, hat einer eine Idee? Was soll das?« Sichtlich gelangweilt antwortet Jansson. »Das ist keine tiefgründige Frage, Chef, dass ist das Intro. Leben heißt übrigens rückwärts Nebel. Interessant, oder?« Die Worte verschwinden und neue tauchen auf.

JA ODER NEIN. WÄHLT WEISE.

»Noch immer Intro, Professor?« »Ich bin mir sicher, ja.«

DAS REGENTENPAAR HERZLICH, DIE HAND ...

»Professor?« »Das ist ein König nebst Frau, glücklich vereint. Das wird noch spannender, hoffe ich.«

HERZLICH DREI, DEN SOHN DAZU FAND ...

»Selbsterklärend. Und scheußlich, ich hasse Gedichte.«

SIE SEHEN KREUZE, DEREN ZEHN ...

»...«

UND HABEN SCHON GENUG GESEHEN ...

»Bringen Sie den Text zusammen und schicken Sie ihn an alle Monitore im Schiff, Commander.« »Schon erledigt, Captain, aber sehen Sie, es geht noch weiter.«

DAS BÖSE LAUERT, MIT BEDACHT ...

»Captain?« »Ich weiß, Hoover, du kannst die Luft lange anhalten. Aber zeig mir das später.«

DAS PAAR GEWUSST, GEBT NUN ACHT ...

»Sie können wieder etwas sagen, Professor.« »Nur die Ruhe, ich will wissen, wie es ausgeht.«

IST DIE MONARCHIE WIRKLICH OUT ...

»...«

ODER SIE HALTEN, WER SICH TRAUT ...

In diesem Moment hält der Captain zwei Kästen in der Hand mit je einem roten runden großen Knopf. Auf dem einen steht JA, auf dem anderen NEIN. »Professor?« »Sie werden hysterisch, Captain. Das sind Buzzer.« »Buzzer?« »Buzzer, ja. Diese Dinger aus den widerlichen Quiz-Sendungen, die gerade so populär sind. Das hier ist ein Quiz. Wir müssen herausfinden, was es bedeutet, und die richtige Antwort wählen. Wenn wir sie nicht kennen, können wir immer noch raten. Eine faire Chance. Sofern das Ding Raten akzeptiert. Wahrscheinlich weiß es, wie wir den Buzzer ermitteln.«

Angestrengt denken sie über das Rätsel nach. Jansson glaubt, dass die Königsgeschichte eine Metapher ist, findet aber keine Parallele. Der Captain vermutet, dass das Kreuzen auf eine geschwisterliche Beziehung der Regenten hindeutet, also muss die Antwort NEIN lauten, weil das moralisch verwerflich ist. Finch versucht die Fragen auszurechnen und stellt jedem Buchstaben eine Zahl entgegen, die er dann vielfältig wieder zurückrechnet in andere Buchstaben. Das Ergebnis entspricht dem Aufsatz eines Zweijährigen. Hoover betrachtet derweil angestrengt den Fußboden.

»Wie lange noch, Commander?« »Nur noch fünf Minuten, Captain. Der Feuerball nimmt gerade Materie an, seine Temperatur steigt schnell an, in zwei Minuten wird es hier drinnen wärmer, in vier Minuten haben wir etwa siebzig Grad im Raumschiff, in fünf Minuten sind wir Geschichte.« Betont gelassen setzt sich der Captain in seinen Sessel. »Captain?« »Jetzt nicht, Lieutenant. Wenn einer eine gute Idee hat, wäre es jetzt der rechte Zeitpunkt, sie zu äußern.«

»Captain, ich habe eine Idee.« »Na gut, Lieutenant, warum nicht. Dann sterben wir wenigstens mit einem Lächeln auf den Lippen.« Sichtlich unzufrieden, dass er keine Antwort parat hält, ergreift Jansson das Wort.

»Bevor der Holzkopf seine brillante Idee zum Besten gibt, möchte ich die Möglichkeit nutzen um mich zu entblößen, dann zeige ich dem UH meinen nackten ...«

»Seien Sie ruhig, Mann. Lieutenant?«

Er ist nicht sehr erfahren damit, seine Intelligenz oder sein Wissen mitzuteilen, daher räuspert er einmal und wählt mit Sorgfalt seine Worte.

»Tja, Captain, nun, Poker.«

»Wie meinen?«

»Poker, Captain. Hold'em Poker, um konkret zu sein.«

Jansson unterbricht sein Vorhaben, die Hose fallen zu lassen und kichert derweil. »Mann, Hoover, für das Wort müsste ich Sie eigentlich einsperren, wenn Sie nicht eh gleich verglühen würden. Poker ist seit fünfunddreißig Jahren auf der Liste der verbotenen Spiele. Allein der Gedanke daran ist strafbar.«

»Nein, Captain, Sie verstehen es falsch. Poker ist die Lösung.«

Anfang des einundzwanzigsten Jahrhunderts kam es immer wieder zu Diskussionen, ob Poker nun ein netter Zeitvertreib sei oder zum

Schutze der Menschen verboten werden müsse. Viele Spieler glaubten, dass die Staatsoberhäupter dabei mehr die Staatskassen als moralische Aspekte im Auge hatten. Jedenfalls eskalierte die Debatte über die Jahre, so, dass im Jahre 2029 ein weltweites Glückspielverbot aufkam. Weil die Menschen stets Wege fanden, dieses Gesetz zu umgehen, wurden Strafen beschlossen, die sonst nur bei Mördern und anderen grausamen Verbrechern Anwendung fanden. Es ging soweit, dass in einigen Ländern für illegales Spielen die Todesstrafe verhängt wurde. Im Jahre 2030 kam es in den Vereinigten Staaten zu einer Demonstration gegen diese Gesetze. Der Aufstand wurde blutig niedergeschlagen.

Hoover stellt sich direkt neben den Captain und zeigt auf den Text auf dem kleinen Monitor.

»Sehen Sie, Captain, Regentenpaar sind König und Dame. Herzlich bedeutet Herz, und Hand eben, dass wir sie auf der Hand haben. Wir haben Herz König und Herz Dame auf der Hand. Sehen Sie?« Hoover holt tief Luft. Lange Sätze strengen ungemein an.

»Den Sohn haben sie gefunden, und zwar im Flop. Also Herz Bube, und Herz Drei, wegen der Sache mit herzlich Drei. Außerdem noch

Kreuz Zehn, wegen dem Satz ...« Der Captain unterbricht die Ausführungen. »Ich kann lesen, Lieutenant, fahren Sie fort.« Unterwürfig nickt Hoover.

»Entschuldigen Sie bitte, Captain. Das wir genug gesehen haben bedeutet, dass wir den Turn noch nicht kennen. Das Böse ist unser Gegenspieler. Er hat ein Paar Achten, und wir wissen das. Warum wir das wissen, weiß ich nicht. Vielleicht ist da ein Spiegel oder so.« Hoover benötigt für sein eigenes Verständnis vorstellbare Bilder, doch in diesem Fall steht er damit allein. Die drei Zuhörer lauschen den Ausführungen, die Spiegeltheorie ignorieren sie allerdings. »Dann fragt er, ob wir mit der Karte halten oder aussteigen. Das Out bedeutet, dass wir die Wahrscheinlichkeit ausrechnen müssen. Wissen Sie, Outs sind die Karten, mit denen man das Spiel gewinnen würde. Damit kann man ausrechnen, ob man wahrscheinlich gewinnt. Das ist ein leichtes Rätsel, und ich habe es gelöst. Das war gut, Captain, oder?« Der Captain schaut zu Finch und zum Professor, beide nicken zustimmend. Die Überlegungen des Lieutenants klingen absolut plausibel. Außerdem fehlt die Zeit für alternative Überlegungen, es wird heiß.

»Gut gemacht, Hoover, dass war eine hervorragende Arbeit. Was müssen wir denn

nun drücken? Wie rechnet man das aus?«
Einem leeren Blick folgt ein Kratzen am Kopf,
Hoover überlegt. »Ich habe keine Ahnung,
Captain. Wahrscheinlich verliere ich
deswegen auch immer.«
»Oh, Lieutenant, wie können Sie nur? Und
was ist mit Ihnen, Professor? Nun seien Sie mal
das Genie.«
Betont wichtig steht der Professor auf und
geht auf den Captain zu.
»Nun, ich könnte es ausrechnen, ja. Wenn mir
einer sagt, wie Poker eigentlich funktioniert.«
Das allgemeine Entsetzen wird durch Finch
unterbrochen. »Wir haben noch neunzig
Sekunden.« Der Lieutenant kennt die Regeln
und trägt sie ohne größeres Nachdenken, es
wäre ohnehin zu schwierig, vor. »Ein
Pokerblatt hat 52 Karten. Die beiden Achten
sind noch die besseren Karten. Aber zwei
Karten kommen noch. Fünf Herz oder eine
Straße mit Neun, Zehn, Bube, Dame und
König oder Zehn, Bube, Dame, König und As
würde gewinnen, ebenso ein weiterer König
oder eine weitere Dame, dass sind dann,
also, dass sind dann ...« Jansson versteht die
Aufgabe. »Gib dir keine Mühe, Holzkopf, ich
habe es verstanden.«
»Noch vierzig Sekunden.«
Nun liegt es am Professor, ob das
Sonnensystem und die Menschen überleben

werden oder nicht. Angestrengt scheint er zu rechnen.

»Es sind also noch neun Herzkarten im Spiel, sowie vier Neunen und vier Asse, dazu drei Könige und drei Damen, um das Spiel zu gewinnen. Wobei je ein As und eine Neun selbst Herzkarten sind. Das sind zusammen einundzwanzig siegbringende Karten. Das der Gegenspieler eine weitere Acht zieht, vernachlässige ich erst einmal.« Der Captain drängt zur Eile. »Das vernachlässigen wir komplett, also die Antwort, Professor!«

»Ja, gut, also, 47 Karten, zwei ziehen wir, einundzwanzig können wir gebrauchen, das sind, also, geteilt, multipliziert, ja genau, dass sind 69,94 Prozent. Drücken Sie auf Ja, Captain.«

»Fünf Sekunden, Captain.«

Wesentlich schneller als sie sich aufbauten, verschwinden die Fragmente des Feuerballs. Bevor sich das UH in Bruchteilen einer Sekunde ins weite All verabschiedet, hinterlässt es eine Botschaft.

EINE WEISE ENTSCHEIDUNG. LEBT WOHL, UND VIEL GLÜCK.

»Hey, Chef, ich habe noch eine einfache Formel gefunden. Die ist zwar nicht so genau, aber als Richtwert funktioniert sie auch. Es sind neben den zwei eigenen und den drei

Karten in der Mitte noch 47 Karten. Auf Einhundert gerechnet könnte man einer Karte also den Wert Zwei geben. Da man noch zwei Karten zieht, wäre der Wert gleich vier. Man muss nur die möglichen Siegkarten mit Vier multiplizieren, dann kommt das in etwa hin. Bei acht siegbringenden Karten wären das 32 Prozent, korrekt ausgerechnet wären es 31,45 Prozent. Die Abweichung ist okay. Ein herrliches Spiel, ich werde es einmal probieren. Wobei, bei einundzwanzig Siegkarten wären es 84% statt 69,94 Prozent, die Abweichung ist unangenehm. Würde man nur noch eine Karte ziehen, dann wäre Multiplizieren mit Vier auch falsch, dann wären es noch Zwei, allerdings Minus Zwei, weil eine Karte weniger im Stapel ist. Also müsste man ...«

Wie besessen wird der Professor auf dem Heimweg noch Stunden investieren, auf der Suche nach der einfachsten Formel. Doch eines weiß er, dieses Spiel lässt er so schnell nicht aus den Augen. Das muss er auch nicht. Der Dank der Menschen ist so groß, dass Hold'em mit sofortiger Wirkung wieder erlaubt ist, und es wird das beliebteste Spiel der nächsten dreißig Jahre werden, bevor es von einem Spiel abgelöst wird, dass es auch schon einmal gab und auf den merkwürdigen Namen RAZZ hört. Aber das ist eine andere Geschichte.

Der Captain und seine Crew werden als
Helden gefeiert und bereisen das Universum
die nächsten Jahre weiterhin gemeinsam.
Herz König und Herz Dame gelten im Poker
als Hooverblatt. Somit ist der Lieutenant
unsterblich.
Die Welt ist gerettet.

Little Hafnarfjordur

Kleine kulturelle Inseln innerhalb einer Metropole sind nicht ungewöhnlich. Ob Chinatown oder Little Italy oder die zahlreichen anderen Oasen der Heimatverbundenen, weit weg von zu Hause. Sie prägen Stadtbilder. Doch diese eine Metropole glänzt mit einer Oase, die es nur hier gibt, Little Hafnarfjordur, Heimat zahlreicher Isländer, aber auch gleichsam Wohnort vieler Skandinavier.

Little Hafnarfjordur, liebevoll von Bewohnern und Beobachtern Lil' Haf genannt, ist keine isolierte Oase innerhalb einer großen fremden Stadt, sondern bestrebt, in das Gesamtbild zu gehören, interessiert, bereichernd und stets gastfreundlich. Deshalb stören sich die Städter nicht an Lil' Haf mit seinen künstlichen Lavahügeln oder den Geschichten, dass dort Elfen und Trolle leben sollen. Sie stören sich auch nicht an den maßstabsgetreuen Bauwerken aus der Heimat, wie den wenig imposanten aber sympathischen Leuchtturm. Am wenigsten stören sich die anderen Bewohner der Stadt an den herrlichen Parkanlagen, die wunderschönen Wohnbauten im isländischen Stil oder dem Wikingerfest, dass über die Grenzen hinaus sehr beliebt ist. Dennoch geschehen in Lil'

Haf merkwürdige Dinge, die nur die Einheimischen begreifen können, so scheint es. So wird Lil' Haf auch heute, einmal mehr, die Weltpresse beschäftigen, und wahrscheinlich wird die Welt einmal mehr im Laufe der Zeit vergessen müssen, denn Wahrheiten erfährt sie wahrscheinlich nicht.

Mitten auf der Hauptstraße durch Lil' Haf liegt ein toter Wolf, umgeben von zahlreichen Schaulustigen, etlichen Polizeiwagen und vielen Feuerwehrleuten, die letzte kleinere Brände ablöschen. Das wäre lediglich merkwürdig, aber nicht weiter beachtenswert, wäre der Wolf nicht so unglaublich groß. Eine Schulterhöhe von 2,20 Meter ist für wenige Tiere gewöhnlich, ein Wolf zählt sicher nicht dazu. Diesen Umstand würde auch Eric Bishop, Specialagent des FBI, aufklären. Doch die Erfolgsaussichten sind gering. Das FBI verbrannte sich bisher immer die Finger bei Ermittlungen in Lil' Haf. Dies ist nicht so, weil sie keine Informationen erhalten oder unhöflich empfangen würden, nein, sie verstehen es einfach nicht.

Der Wolf liegt direkt vor einem kleinen idyllischen Hotel, das Bishop betritt. Den Eingangsbereich mag man nicht als Eingangshalle bezeichnen, eher als gemütlichen Raum. Die Rezeption ist keine zwei Meter lang, und mit Ausnahme von zwei Tischen und sechs Stühlen bietet der Raum keinen Platz für weitere Accessoires. Doch es sieht nicht unfreundlich aus. Schöne Bilder aus der Heimat schmücken die Wand, und kleine Details wissen zu gefallen, wie etwa die Glocke in Leuchtturmform. Darüber hinaus erblickt Bishop nur eine Treppe, einen sehr schönen Hammer auf einem der beiden Tische und einen alten Mann an der Rezeption, der mit einem Staubwedel hantiert.

»Herzlich Willkommen. FBI, richtig? Wie kann ich Ihnen helfen?« Freundlichkeit ist das oberste Gebot in Lil' Haf, dies weiß auch Bishop.

»Das ist korrekt. Ich bin Specialagent Eric Bishop. Ich erwartete einen Akzent, Mister ...?«

»Eric, ein schöner Name. Mich nennt man Balder. Als ich geboren wurde, genügte ein Name. Nennen Sie mich einfach Balder.« Er ist ein kleiner alter Mann, kaum 1,50 Meter groß, mit grauen kurzen Haaren und großen Augen. Mit einer freundlichen Geste und einem nicht minder freundlichem Lächeln bietet er seinem Gast einen Stuhl an.

»Setzen Sie sich, Specialagent Eric, und ich erzähle Ihnen, was Sie hören möchten. Falls

Sie es denn hören möchten. Wenn Sie es wünschen auch mit Akzent. Aber ich bin schon sehr lange hier, ich könnte auch weiterhin darauf verzichten. Wie Sie möchten.«

Die beiden setzen sich. Wenige Augenblicke später erscheint ein junger Mann aus dem kleinen Raum hinter dem Empfangstresen und bringt den beiden Tee, ebenfalls sehr freundlich lächelnd. Höflich verschwindet er so schnell, wie er kam.

»Mein Sohn Forseti, ein großartiger Junge. Doch wie kann ich Ihnen nun helfen?«

Specialagent Bishop zückt einen Notizblock hervor und beginnt mit seinen Nachforschungen.

»Direkt vor Ihrem Hotel liegt ein riesiger Wolf und Sie bleiben gelassen. Ich nehme an, Sie sind nicht sehr schockiert darüber. Also erzählen Sie mir einfach, was Sie wissen. Ich bin ein ruhiger Zuhörer.«

Begeistert klatscht der Hotelier kurz in die Hände.

»Geschichten sind mein Steckenpferd, Specialagent Eric. Doch bevor ich beginne, habe ich eine Frage. Kennen Sie sich mit der nordischen Mythologie aus?«

»Nun, besonders intensiv habe ich mich damit nicht befasst, nein. Mir sind einige Götternamen vertraut, und Walhalla und einiges mehr. Aber ich würde nicht behaupten, die Geschichten und Legenden zu kennen.«

Die Antwort lässt Balder lächeln. »Das ist gut so, mein Freund. Vieles davon ist unwahr, einiges wahr. Je weniger Sie wissen, desto besser. Denn die Lüge verwässert die Wahrheit, die ich Ihnen erzählen werde. Doch kosten Sie den Tee, solange er heiß ist.« Entspannt lehnt sich Balder zurück und beginnt zu erzählen.

»Der Wolf ist Fenrir. Er ist wiedergekommen, um sein Werk zu beenden. Ich spreche von Ragnarök, Eric, dem Untergang der Welt, dem Tod aller Götter und so weiter. Fenrir war der Bote, wie damals. Der Legende nach bedrohte Fenrir, Sohn des Loki, die Götter und verschlang zu Ragnarök die Sonne. Das ist natürlich barer Unfug. Wahr ist hingegen, dass er kein gewöhnlicher Wolf ist, aber dass haben Sie sicherlich gemerkt.« Freundlich beginnt Balder zu lachen, und Bishop lächelt höflich mit.

»Fenrir ist nichts anderes als der Begleiter einer großen Gefahr, der ähnlich wie Hunde das Wild aufscheuchen soll, bevor der Jäger es schießt. Doch Fenrir scheuchte nicht nur auf, sondern fand zudem sein Ende. Das wird seinem Besitzer nicht gefallen. Das ist alles.

Nun wird die Geschichte beginnen, und Sie, Eric, sind ein Bestandteil davon.«

Die Erzählung ist kürzer geworden, als Bishop annahm, und der letzte Satz gefiel ihm gar nicht.

»Was habe ich damit zu tun, Balder?«

Abermals scheint sich Balder zu freuen und lächelt weiter.

»Nun habe ich Ihre Aufmerksamkeit, mein Freund, dass ist gut so. Gestatten Sie, dass ich kurz etwas hole. Genießen Sie den Tee und haben Sie keine Eile. Wir haben genügend Zeit zur Vorbereitung.«

*

Während der Specialagent auf den Hotelier wartet, schaut er gebannt auf den Hammer. Er nimmt an, dass er keine Funktion ausübt, schon weil er sehr dekorativ ist. Geschmiedet aus seltsamem Erz, verziert durch mystische Gravuren und virtuose kleine Bilder, ist der Hammer sicher nicht dafür gedacht, Nägel in die Wand zu schlagen. Bishop kann nicht anders und möchte den Hammer ergreifen.

»Berühre meinen Hammer, und du wirst sterben!«

Der FBI-Agent ist ein athletischer kräftiger Mann mit 1,90 Meter Körpergröße. Betont cool trägt er einen schwarzen Anzug und sehr häufig eine ebenso schwarze Sonnenbrille. Er ist ein Mann, vor dem man sich fürchten könnte, wäre man nicht der Mann, der gerade die Treppe hinuntersteigt. Ein blonder langhaariger Hüne, einen Kopf größer als Bishop mit Schultern so breit, dass sie als Landebahnen dienen könnten. Sein Anzug ist grau und eine Sonnenbrille trägt er nicht, aber er ist imposanter als der verblüffte Bishop, der gerade abwägt, ob er seine Waffe ziehen oder um Gnade winseln soll.

Doch das grimmige Gesicht des gewaltigen Mannes weicht einem milden Lächeln.

»War nur Spaß, Kleiner. Du kannst den Hammer ruhig berühren. Aber pass auf, er ist ziemlich schwer.« Kleiner? Nun, nach dem gewaltigen Wolf und diesem nicht minder beeindruckenden Mann nimmt Bishop das Wort nicht einmal als Beleidigung, es trifft einfach zu. Dennoch bereitet es ihm keine ernsthaften Probleme, den Hammer zu heben. Er bestaunt dieses handwerkliche Meisterwerk.

»Das Teil ist hübsch, nicht wahr?« Der Blonde setzt sich neben Bishop und klopft ihm freundschaftlich auf die Schulter. Der Agent ist froh, dass ihm dabei nicht die Mandeln herausfallen.

»Mjölnir heißt der Hammer. Der hat starke Tricks auf Lager. Wirft man ihn, kommt er zurück, und Blitze kann er auch abschießen. Den haben mir zwei Zwerge geschmiedet. Also wirkliche Zwerge, nicht so wie du.«

Dies wiederum fasst Bishop als freundlich verpackte Beleidigung auf und schaut entsprechend erbost, doch interessiert das den Hünen nicht. »Ich bin übrigens Thor, Kleiner. Mit dem Hammer habe ich Fenrir in die Hölle geschickt, sozusagen. Das hättest du sehen sollen.«

»Sie haben das Tier erlegt?« Der Polizist in Bishop dringt durch und löst den staunenden Beobachter Bishop ab.

»Das ist ein Wolf, aber es ist kein Tier, Kleiner. Außerdem kann man nur erlegen, was niemals wiederkommt. Fenrir kommt immer wieder. Ich habe ihn zum sechsten Mal besiegt.«

Nun betritt auch Balder wieder den Empfangsraum und scheint sichtlich erfreut.

»Sie haben Thor bereits kennen gelernt, dass ist schön. Er wird Sie auf der Reise begleiten. Das dürfte Sie einigermaßen beruhigen, richtig?«

»Nicht Thor beunruhigt mich. Solange er meine Schulter nicht als Trainingssack missbraucht, zumindest. Die Reise beunruhigt mich weit mehr, und ich hoffe auf einige Antworten, Balder.«

Nickend setzt sich Balder zu den beiden und hält etwas in die Höhe, aus seinem Blickwinkel betrachtet.

»Kennen Sie das, Eric?«

»Sicher. Das ist ein Pokerblatt.«

Thor knufft Bishop erfreut zustimmend gegen die Schulter. Daran wird sich Bishop noch lange erinnern können.

»Sie haben Recht, Eric. Aber das, was Sie als Spiel betrachten, ist weit mehr. Es wurde als letzte Instanz zwischen Gut und Böse, Leben und Tod erschaffen. Wie das Leben ist es leicht zu erlernen, aber schwer zu beherrschen und fast unmöglich zu begreifen. Poker ist das Leben, eingefasst in zweiundfünfzig Karten. Wer das Leben begreift und in seiner Schönheit und Genialität schätzt, der wird beim Poker niemals verlieren. Verstehen Sie das?«

Eigentlich versteht er es nicht, aber um die Erzählung nicht zu unterbrechen, nickt er zustimmend.

»Fenrir hat das Wild aufgescheucht, Eric, und das Wild sind Sie. Gesandt wurde Fenrir von Nidhöggr, auch Neiddrache genannt. Aber keine Sorge, Nidhöggr ist kein Drache, sondern ein ganz normaler Mensch wie Sie und ich.«

Wie normal mag das sein? Thor mischt sich in das Gespräch ein.

»Ja, Kleiner, ein ganz normaler Mensch, der die Midgardschlange kontrolliert, die so lang ist, dass sie den gesamten Globus umfasst und das Leben praktisch auslöschen kann. So normal, dass er dir die Lebenskraft aus dem Körper ziehen kann und diese einatmet. Er ist so normal, dass ...«

»Ich denke, er hat verstanden, Thor.« Bemüht, Bishop zu beruhigen, klopft Balder dem Agenten sachte auf den Handrücken.

»Wie dem auch sei, Nidhöggr bevorzugt den Tod, während wir dem Leben zugetan sind. In regelmäßigen Zyklen, so will es die Abmachung, fordert er das Leben heraus, in Form eines Auserwählten. Gewinnt der Auserwählte die Auseinandersetzung, dann verschwindet Nidhöggr für Zweitausend Jahre. Gewinnt hingegen Nidhöggr, dann folgt Ragnarök, das Leiden, der ewige Winter, dunkle Kreaturen der Unterwelt, riesige Wölfe, die Midgardschlange und für beinahe jeden der sichere Tod. Aber auch hier kann nach zweitausend Jahren das Schicksal umgekehrt werden. Es ist also gar nicht so schlimm.«

Diese Ansicht teilt Bishop nicht, also beschließt er, der Geschichte keinen Glauben zu schenken.

»Verzeihen Sie meine Offenheit, aber die Geschichte ist doch Unsinn. Sicher fällt mir für den Wolf keine Erklärung ein, aber Weltuntergang, eine Schlange mit 40.000 Kilometern Länge und eine Runde Poker gegen das personifizerte Böse ist dann doch etwas viel. Was seid Ihr denn? Götter? Ich bitte Sie. Nun entschuldigen Sie mich, ich muss echte Probleme lösen.«

Seine Bemühungen aufzustehen, werden von Thor unterbrochen. Nach einem beherzten Ruck des großen Blonden am linken Arm des Agenten sitzt dieser bereits wieder auf seinem Stuhl. Das freundliche Lächeln seiner beiden Gesprächspartner teilt er indes nicht.

»Sei nicht so grob zu dem Auserwählten, Thor. Seine Zweifel sind doch nur verständlich. Eric, Sie wünschen scheinbar weitere Beweise. Ich vermute, Sie werden Ratatöskr Glauben schenken.«

Ein Eichhörnchen klettert behände das Tischbein hoch und positioniert sich direkt vor Bishop. Das überrascht den Agenten nicht mehr nach dem Riesenwolf, aber dass das Eichhörnchen sprechen kann, verwundert ihn doch.

»Du bist also der Auserwählte, fein. Wir haben viel zu tun und es ist Eile geboten. Also wäre es sehr entgegenkommend, wenn du beginnst, die Angelegenheit als die deine zu betrachten. In dem Augenblick, als du die

Türschwelle überschritten hast, wurdest du der Auserwählte. Niemand anders kann diese Aufgabe nun noch übernehmen. Die Götter und die Halbgötter werden wiederkehren, aber tote Menschen haben die Angewohnheit, tot zu bleiben. Also nimm die Aufgabe an und lass uns aufbrechen.«

Wenn ein riesiger Wolf tot auf der Straße liegt, ein großer Blonder einen anlächelt und ein Eichhörnchen Befehle erteilt, dann ist es schwierig, der Glaubhaftigkeit zu widersprechen. Der Eindruck wird bekräftigt, als ein Adler die Treppe hinunterfällt. Das Eichhörnchen verdreht die kleinen Kulleraugen.

»Oh Hräswelgr, warum bist du nur in den Legenden so gut weggekommen? Du bist ein dummer Vogel. Benutze deine Flügel, wie es sich für einen Adler gehört. Treppen steigen ist nicht die Aufgabe eines Adlers.«

Das Eichhörnchen ist, wie Bishop von Balder erfährt, der Hüter der zehn heiligen Claychips, die für das Duell gegen Nidhöggr benötigt werden. Der Adler Hräswelgr ist sein Begleiter und gleichsam sein Transportmittel. Die beiden werden neben Thor dem Specialagent helfen, sein Ziel zu erreichen. Nach einigen weiteren Antworten und Glückwünschen Balders, brechen die vier auf.

*

Die vier verlassen das Hotel. Thor und Bishop gehen an Fenrir, der gerade von einem Kran auf einen Lastkraftwagen verladen wird, vorbei, während der Adler mit dem Eichhörnchen auf dem Rücken im Fluge den Weg aufzeigt. Nur wenige hundert Meter entfernt kommt den beiden Männern ein Mann mit feuerroten Haaren und einem roten Overall entgegen. Er hält kurz inne, schaut Bishop an und lächelt. »Wenn du gut spielst, sehen wir uns wieder. Versprochen.« Dann verschwindet er. Einige weitere hundert Meter sind sie am Ziel angelangt. Sie stehen vor einem Lavahügel inmitten einer wunderschönen Parkanlage. Zahlreiche Menschen und Tiere genießen ihren Aufenthalt in diesem Park und verbringen ihre Zeit mit Spazieren, oder sie toben mit ihren Hunden auf der Wiese oder schauen auf die bemerkenswerte Pflanzenvielfalt am Wegesrand. Auch die wunderbar verzierten Brunnen mit ihren Wasserspielen locken das Auge, weit mehr als es ein Adler auf einem Lavahügel vollbringt. Wahrscheinlich ist dies nur deshalb so, weil niemand aus der Entfernung sieht, wie ein sprechendes

Eichhörnchen seinen Rücken herunterrutscht.

»König der Lüfte, lächerlich. Wärest du ein Flugzeug, würde ich die Gesellschaft verklagen. Stolz und Anmut, dass ich nicht lache. Du fliegst wie ein Luftballon, den man aufpustet und bevor der Knoten gemacht ist, einfach los lässt. Das Geräusch, das Fischsuppe im Magen hinterlässt, gibt es gratis. Ich weiß wirklich nicht, warum ich mir das immer wieder antue.«

Nein, Fischsuppe steht nicht auf des Eichhörnchens Speiseplan, aber das Geräusch kennt er dennoch. Nach seinen Unmutsäußerungen rutscht er den Hügel hinunter und stellt sich mit Blick auf den Hügel vor Thor und Bishop. Mit erhobenen Armen beginnt er zu sprechen.

»Oh Brokk, Zwerg in Gottes Diensten, öffne eine Weile deine Pforten.« Ein kleines Loch inmitten des Hügels entsteht, und heraus kommen zwei kleine Fleischstücke geflogen, die Ratatöskr umwerfen. Wutentbrannt wirft er die Stücke beiseite.

»Brokk, du dämlicher Holzkopf. nicht Teile Schweinepfoten, eine Weile deine Pforten habe ich gesagt. Komm heraus, du hässlicher Zwerg, sonst komme ich herein und du kannst etwas erleben.«

Das Loch im Hügel wird größer, und ein

freundlich schauender Zwerg tritt heraus.

»Ah, Thor, mein alter Freund. Willst du den Hammer umtauschen? Oder ist es nur wieder Zeit für eine Runde Auserwähltenspaß?« Ohne die Antwort abzuwarten wandert sein Blick auf den Boden.

»Sieh an, die Ratte Töskr ist auch dabei, dann kann der Sittich nicht weit sein. Aber was willst du mit Schweinepfoten? Die machen dich auch nicht hübscher.«

Bishop setzt seine Sonnenbrille auf und schaut sich alles an, so regungslos es ihm möglich ist. Unterdessen flucht das Eichhörnchen ohne Unterlass, und Thor nimmt Brokk, den Erbauer seines Hammers, seines Gürtels und einiger anderer Dinge mehr, herzlich in den Arm. Danach beginnt er zu erzählen.

»Fenrir war hier, ich habe ihn mit Mjölnir besiegt. Doch nun beginnt die Geschichte erneut, wie du richtig vermutet hast. Also benötigen wir die Chips, die du bewachst. Du kennst die Regel, nur Ratatöskr, herbeigeflogen auf den Schwingen des Adlers Hräswelgr, kann dich darum bitten.«

Die beiden blicken nach unten auf den immer noch fluchenden Ratatöskr, dann schaut Thor zu dem Zwerg.

»Kann man ,Du seiest verflucht, du hässlichste aller Kreaturen' als Bitte durchgehen lassen, mein Freund?«

Lachend nickt Brokk.

»Das wird gehen. Nicht einmal die Götter werden wissen, was Ratten mit Wuschelschwänzen ausdrücken wollen, wenn sie irgendetwas sagen. Also ist es die Bitte, und ich übergebe euch die Chips.«

Beim Versuch, Brokk mit einer Schweinepfote zu bewerfen, fällt das Eichhörnchen auf den Rücken mit der Pfote auf dem Bauch. Sein Fluchen weicht einem tiefen Seufzen. Unterdessen nimmt Brokk einen kleinen braunen Beutel von seinem Gürtel und lässt den Inhalt in Bishops Hände gleiten. Es sind zehn goldene Pokerchips, ohne Zahlen oder Verzierungen. Sie bestehen aus Gold und nur der Rand mustert mit Weißgoldsträhnen die Chips, die dadurch nicht wie reine Goldstücke aussehen.

»Möge dir das Glück hold sein, Auserwählter. Wichtiger noch, mögest du das Spiel beherrschen. Nicht nur dein Leben hängt an einem seidenen Faden. Aber meine Wünsche und mein Vertrauen werden dich begleiten.«

In der Annahme, es sei eine würdige Geste, verbeugt sich Bishop und schließt die Hand als Zeichen, dass er an den Chips festzuhalten gedenkt. Thor berührt, nein, er packt die Schulter des Zwerges, der es gelassener hinnimmt, als es Bishop würde. »Es ist die Zeit zum Aufbruch gekommen, mein Freund. Gib acht auf die beiden. Wir werden bald zurückkehren.«

»Den beiden wird es an nichts fehlen. Die Ratte darf mit meiner Katze spielen, die mag Ratten.« Ratatöskr ruft flehend den Adler herbei, und Thor nimmt Bishop beiseite.

»Das Spiel des Lebens, Eric, es beginnt jetzt. Ich frage nicht, ob du bereit bist, denn es würde nichts ändern. Wisse um das Wesen des Lebens und die Weise des Todes, dann wirst du der Sieger sein.«

Thor schwingt Mjölnir und rammt den Hammer auf den Boden. Die Umgebung verschwimmt, ein lautes Brummen durchdringt Bishops Kopf, den er sich mit schmerzverzerrtem Gesicht hält. Alles scheint zu verschwinden. Nein, es scheint vielmehr ersetzt zu werden.

Nach wenigen Augenblicken stehen Bishop und Thor inmitten eines Luxuscasinos. Zahlreiche Pokertische stehen überall, imposante Kronleuchter aus Diamanten veredeln die Decke. Gold und Geschmeide schmeicheln das Auge. Doch das Casino wirkt nicht real, zumal es bis auf eine Ausnahme absolut leer ist. Es scheint Bishop wie ein Traum, aus dem er zu erwachen wünscht, doch dieser Wunsch wird ihm nicht gewährt.

Am Tisch neben den beiden sitzt ein Mann, zumindest könnte es ein Mann sein. Ein sehr blasser Mann allerdings, dessen schwarze Robe nicht hilft, seine Gesichtsfarbe lebendiger wirken zu lassen. Haare hat er keine, und auch Augen erkennt man kaum, sie sind sehr tief in seinem Gesicht vergraben, umgeben von zahlreichen kleinen Narben. Bishop flüstert Thor etwas zu.

»Ist das der Tod, Thor?« Doch der Gastgeber hat scheinbar ein gutes Gehör und steht auf.

»Du denkst eindimensional, Auserwählter Eric. In deiner Vorstellung existiert nur der Tod, ich bin nicht der Tod. Man nennt mich Nidhöggr. Der Name ist falsch, ich bin weder ein Drache noch der Neid, aber so seid Ihr Menschen. Ihr müsst allem und jedem Namen geben, egal wie treffend sie sind. Menschenwürger nennt Ihr mich, auch das ist falsch. Ich würge niemanden. Ich bin auch nicht das Böse, wie du gerade denkst. Ich bin nur ein Teil von euch, eine letzte Stufe vor der Grenze eures Bewusstseins. Wenn du in mir etwas sehen willst, dann nenne mich dein Gewissen. Das ist auch falsch, aber besser als der Rest. Nun nimm Platz, es ist Zeit zum Spielen. Danach wirst du der erste sein, der die Macht der Midgardschlange spüren darf.«

Die Lage ist ernst, das weiß Bishop. Dennoch

wirkt sein Gegenüber nicht grausam oder böse, so dass er ihm Glauben schenkt. Aber ob sein Gegenspieler nun Tod, Dämon, Drache oder Gewissen heißt, spielt keine Rolle. Der Sieg allein zählt und entscheidet über Untergang oder Erhalt der menschlichen Art. Trotzdem ist Bishop vorbereitet, denn er beobachtete nicht nur die letzte Ereignisse, er war und ist bestrebt, alles in die rechten Verhältnisse zu setzen. Furcht spürt er im Augenblick nicht.

Bishop sitzt Nidhöggr gegenüber, Thor nimmt Platz an der Seite und zieht Karten aus seiner Jackettasche hervor. »Ihr beide kennt die Hold'em-Regeln. Die Blinds liegen bei einem und zwei Chips. Der Dealerbutton sucht sich seinen Weg, dann geht es los.« Er wirft den Button in die Höhe, und er landet auf Nidhöggrs Tischseite, der einen Chip nach vorne schiebt. Bishop legt deren zwei nach vorn, den Regeln entsprechend.
Die beiden erhalten ihre Karten. Nidhöggr schaut sie sich kurz an und schiebt einen Chip in die Mitte, er füllt den Big Blind nur auf. Nun betrachtet Bishop seine Karten, es sind Herz Dame und Pik Drei. In Anbetracht der gewaltigen Höhe der Blinds im Verhältnis zu den wenigen Chips entscheidet sich Bishop, nicht zu erhöhen.

Thor deckt die ersten drei Karten auf. Es sind ein König, eine Dame und eine Zwei. Bishop findet ein mittleres Pärchen, dass ziemlich schlecht begleitet wird von einer lausigen Drei. Dennoch weiß er, dass die Wahrscheinlichkeit groß ist, dass Nidhöggr eine schlechtere Hand hält. Nun schiebt Bishop zwei Chips in die Mitte, Nidhöggr hält, ohne das geringste Signal auszusenden.

Als nächstes folgt eine Sechs, zudem ist es die vierte Farbe, es ist kein Flush mehr denkbar, und auch eine Straße scheint unwahrscheinlich. Vierzig Prozent der Chips liegen bereits in der Mitte. Wenn er sie gewinnt, so denkt Bishop, dann genügt das, um genug Druck aufzubauen. Also bietet er nicht und hofft, dass Nidhöggr ebenfalls die nächste Karte sehen will. So ist es.

Die nächste Karte ist erneut eine Sechs. Das ist nicht die Karte, die Bishop sehen wollte, aber er tippt nur cool auf den Tisch als Zeichen, nicht zu bieten. Doch Nidhöggr teilt die Geduld nicht. Ohne emotional irgendetwas zu bedeuten, schiebt er seine restlichen sechs Chips in die Mitte. Das Schicksal der Menschen kann in wenigen Augenblicken besiegelt sein.

Der Specialagent im Dienste der Menschheit schaut zu Nidhöggr. Kein Lächeln, kein

Atmen, kein Blick verrät auch nur irgendetwas. Das perfekte Pokerface existiert nicht, heißt es, doch dass glauben nur die Spieler, die nicht gegen Nidhöggr antreten mussten. Einzig die Art des Bietens dient als Hinweis. Bishop versucht die Bruchstücke zu begreifen. Eine Niederlage wäre katastrophal, dass ist klar. Würde er passen, hätte er nur sechs Chips gegen die vierzehn seines Gegners, dies würde das Glück provozieren. Könnte es sein, dass das Damenpärchen stärker ist als Nidhöggrs Hand? Ist das Pärchen Sechsen und der König zu vernachlässigen? Eric denkt weiter nach.

Für Eric sind diese zehn Chips der Inbegriff des Lebens, für Nidhöggr sind es nur zehn Chips, die er in zweitausend Jahren erneut hervor nimmt, immer und immer wieder. Das scheint ein guter gedanklicher Hebel, glaubt Bishop. Wäre er derjenige, der einen ängstlichen Mann zu besiegen hätte, der für das Leben der Welt kämpft, dann würde er die Furcht versuchen auszunutzen. Also, so nimmt Bishop an, denkt Nidhöggr genauso. Niemals würde ein besorgter Mensch das Leben aller auf eine durchschnittliche Hand setzen. Das wird Nidhöggr wissen. Andererseits könnte Nidhöggr einfach eine starke Hand haben, zum Beispiel die dritte Sechs halten. Aber dann wäre es sinnvoller, nur zwei Chips zu setzen, um Bishop zu locken.

Nun ist Eric überzeugt. Nidhöggr spielt seine Macht aus. Er vertraut der Angst des Gegenübers und spielt einen gewagten Bluff. Sein Verlust ist gering, er kann es riskieren. Ähnlich einem Spieler mit massig Chips, der einen Armen immer wieder mit gewaltigen Erhöhungen einschüchtert. Doch Bishop will dem Tod nicht unterwürfig sein und setzt auf das Leben, zur Not setzt er alles auf das Leben. Ja, Eric weiß, dass er gewinnt. Er hat Nidhöggr gelesen und zweifelt daran, zufällig doch zu verlieren, der Sieg ist sicher. Lächelnd schiebt er seine sechs Chips ebenfalls in die Mitte und zeigt seine Karten.

Nidhöggr schaut auf die beiden Karten und sieht das schwache Pärchen. Dann gibt er Geräusche von sich, die auf ein Lachen hindeuten.
»Vor zweitausend Jahren, Auserwählter Eric, da spielte ich über zwanzig Spiele, bevor ich gegen einen ausgezeichneten Spieler verlor. Zweitausend Jahre zuvor dauerte es, wie heute, nur Spiel. Ich hielt einen mächtigen Drilling, doch der damalige Auserwählte wurde vom Glückshorn übergossen und fand

eine Straße. Beide Spiele hatten eines gemein, sie waren mächtig und beeindruckend. Du riskierst mit diesem Blatt das Leben aller Menschen und schenkst der Midgardschlange die Hoffnung auf das totale Chaos. Du bist ein Narr.«

Abermals scheint Nidhöggr zu lachen. Dann wendet er sich Thor zu.

»Er ist ein Narr, Thor, ein Narr. Aber zugegeben ein sehr gut spielender Narr. Wir sehen uns in zweitausend Jahren. Bis dahin werde ich üben müssen.«

Er steht auf und verschwindet, er hinterlässt eine Vier und eine Neun, einen gewaltigen Bluff, den Bishop richtig gedeutet hat.

Der Specialagent atmet tief durch, und nach dem kumpelhaften Schlag auf die Schulter vom kräftigen Thor atmet er noch tiefer durch, begleitet von einem herzhaften Husten.

»Du hast es geschafft, Eric. Du hast dem Leben vertraut und der Durchtriebenheit des Gewissens getrotzt. Selten habe ich einen Auserwählten gefährlicher siegen sehen als dich. Meinen Glückwunsch.«

Die beiden befinden sich augenblicklich wieder vor dem Lavahügel. Der Adler hat seinen Platz nicht verlassen und scheint sich zu amüsieren, weil eine Katze dem

Eichhörnchen hinterherläuft. Brokk lässt die Chips in den braunen Sack gleiten, obgleich sich Eric nicht daran erinnern kann, sie ihm gegeben zu haben.

»Der Auserwählte war schnell, Thor. Das ist eine gute Nachricht.« Dann verschwindet der Zwerg im Hügel.

Thor wendet sich ein letztes Mal Bishop zu.

»Die Menschen werden nie erfahren, was du getan hast. Vielleicht wären sie auch wenig beeindruckt von den beiden Damen, aber wer weiß das schon? Hier endet die Reise und unsere Wege trennen sich. Doch auch, wenn der glorreiche Sieg nur einigen auf Ewigkeiten bekannt ist, so darfst du dir sicher sein, hier auf immer herzlich empfangen zu werden. Ein lächerliches Pärchen, ich glaube es einfach nicht.«

Nach diesen Worten geht Thor und hinterlässt den schweigsamen Bishop. Dieser setzt seine Sonnebrille auf und verlässt zufrieden Lil' Haf.

Pokerzwerge

Die Sonne ist gerade am Horizont erwacht und schickt ihre zahllosen Strahlen auf eine lange Reise. Einige von ihnen schenken dem Morgentau, der sich im gesamten Wald an zahlreichen Ästen und Blättern anschmiegt, ein neues glitzerndes Kleid. Andere erleuchten zwei Gestalten auf einer Ebene, unweit des Waldes, ihren Weg.

»Sag', Laberlan, warum nehme ich dieses Risiko auf mich?«

Laberlan ist ein hochgewachsener Vierundzwanzig. Die Vierundzwanzigen sind naturverbundene Wesen mit menschenähnlicher Statur, einer hohen Intelligenz, angeborener Skepsis, ziemlich großen Ohren und einer kaum bis gar nicht nachvollziehbaren Neigung zu Weihnachtskalendern.

»Höre mich, Wild Bill Hick, Sohn des großen Hock, du musst euer Volk retten. Ihr seid Nomaden, und die Zwerge planen euer jährliches Revier zu vereinnahmen. Euer Vieh wird das kaum überleben. Die einzige Möglichkeit, das Vieh zu retten, ist ein Sieg gegen den Zwergenkönig bei seinem jährlichen Zwergen Series of Poker.«

Die Zwerge sind goldgierig und siegeshungrig,

aber nur die wenigsten Zwerge spielen tatsächlich hochklassiges Poker. Der König stellt eine Ausnahme dar, er spielt hervorragend. Doch um gegen ihn spielen zu dürfen, muss zuvor das Turnier gewonnen werden.

»Gewinnst du gegen den König, so gewährt er dir einen Wunsch und du rettest dein Volk. Verlierst du, nun, du darfst eben nicht verlieren.«

Sehr motivierend ist diese Aussage nicht, aber Wild Bill erkennt die Situation. Bei seinem Volk gilt Bill als bester Pokerspieler, doch sein Selbstbewusstsein glaubt dieser Aussage nicht. Darum hilft ihm seit vielen Kalenden Laberlan bei der Verbesserung seines Spiels.

»Wenn ich verliere, dann ist die Rettung gescheitert, und zudem das gesamte Vermögen unseres Stammes verloren, für den Turniereinsatz.«

Dem hat Laberlan nichts entgegen zu setzen. Es geht um alles.

Wenig später erreichen die beiden Wanderer den Zwergenwald. Noch bevor Bill einen Fuß in den Wald setzen kann, wird er von einem bewaffneten stattlichen Zwerg aufgehalten.

»Was glaubst du hier zu tun, du hässliches Wesen?«

Zwerge sind nicht nur goldgierig und

spielsüchtig, sie sind zudem sehr unfreundlich.

»Ich wünsche an dem alljährlichen Pokerturnier teilzunehmen, edler Herr.« Der Zwerg beginnt zu lachen.

»Ich bin so wenig edel wie du gutaussehend. Aber wenn du 10 Goldtaler hast, dann darfst du mitspielen. Als Sieger des Turniers darfst du den König herausfordern und erhältst 1.000 Goldtaler. Gespielt wird Hold'em No Limit. Hast du alles verstanden?«

Wild Bill Hick nickt.

Doch der Beginn des Turniers ist gleichsam das Ende der gemeinsamen Reise mit Laberlan. Alles, was Laberlan lehren konnte, hat er Bill gelehrt. Von nun an ist er auf sich alleine gestellt. »Ich habe nie verstanden, warum du mir geholfen hast, mein Freund.« Sanft legt der Vierundzwanzig seine Hand auf Bills Schulter und nickt bedächtig.

»Weißt du, Bill, ich eigentlich auch nicht.«

»Na sowas!« Die Wege der beiden trennen sich.

*

Mit unsicherem Gefühl bewegt sich Bill durch den Wald auf dem Weg zur Arena. Inmitten des Weges wird ihm das Weitergehen erschwert. Zwei Zwerge streiten lautstark und interessieren sich nicht für die anderen.

»Entschuldigung, die Herren. Könntet Ihr etwas Weg freigeben, auf dass ich passieren kann?«

»Auf gar keinen Fall, Scheusal. Es sei denn ...«

»Es sei denn?«

»Es sei denn, du betrachtest diese beiden Chips und verrätst uns, welcher dir besser gefällt.«

Es ist ein merkwürdiger Wunsch, aber Bill sieht keinen Grund, diese Bitte abzuschlagen. Er hält zwei Chips in den Händen, vielmehr je einen in jeder Hand. Sie haben die gleiche Größe und sehen auch gleich aus, doch der eine ist etwas schwerer und fühlt sich dadurch etwas anders an, als er es gewohnt ist. Er tippt auf den leichteren als Zeichen, dass es der bessere Chip ist. Darauf entfacht der Streit der beiden Zwerge aufs Neue.

»Ich habe es gesagt, deine Chips taugen nichts. Kleine Steine in den Ton zu mischen, um sie billiger und schwerer zu machen, das hat keine Zukunft, Gorgo Im'Purt. Meine sind durch und durch aus feinstem Ton, so wie sie seit jeher hergestellt wurden. Außerdem bin ich Turnierlieferant. Alle wissen, wer die besten Chips hat.«

»Auch du wirst bald die zweite Wahl sein. Mein Vetter Toiro hat die Lizenz am edlen Clay, dass ist ein Speziallehm. Die Chips werden dich verdrängen. Da können noch so viele Ungeheuer behaupten, deine Chips seien gut.«

»Du machst dich lächerlich, meine Chips werden immer die besten sein.«

Wahrscheinlich geht der Streit noch bis nach dem Turnier weiter, aber während ihrer Streiterei geben sie Bill zumindest den Weg frei.

*

Nur wenige Augenblicke später findet sich Bill Hick in der Spielarena wieder. Er ist überwältigt von der Masse an Zuschauern und Spielern. Es sind weit über 500 Spieler, da ist er sicher. Etwa drei von Vieren sind Zwerge, aber auch zahlreiche andere Kreaturen nehmen an diesem Ereignis teil. Die zweitgrößte Gruppe bilden gewiss die Menschen, wenn auch gerade ein Zauberer unsanft aus der Arena geworfen wird. Zaubertricks mit Spiegeln sind offenbar nicht sehr angesehen.

Einige Vierundzwanzigen erblickt Bill ebenso wie ein Schattenwesen, einen lachenden roten Faden, einen Riesen und einen Kaktus. Nun, warum der Kaktus pokert, wird nur er selbst wissen, aber zumindest füllt er die Teilnehmerzahl um eine optisch beeindruckende Komponente.

Die Tische sind aus Fels geschlagene Klumpen, die Stühle ebenso. Für den Riesen sind die Stühle zu klein, so dass er auf dem Boden Platz nehmen muss. Bill, der für andere Menschen keineswegs wie ein Ungeheuer, sondern vielmehr wie ein netter, gutaussehender junger Mann aussieht, nimmt zur Probe an einem der Tische Platz. Nur Sekunden später ertönt ein Gong, gefolgt von einer Fanfare, die nur Zwerge als schön bezeichnen würden. Andere würden Vergleiche mit sterbendem Rindvieh bemühen. Nebst Eskorte erscheint der König persönlich und begrüßt die Spieler.

»Mit Schadenfreude darf ich feststellen, dass etliche Narren dem Aufruf folgten, um hier 10 Goldtaler und jede Menge Gelächter zu hinterlassen. Ich bewundere euren Mut dennoch nicht, dafür akzeptiere ich die Ignoranz und die Dummheit, die eure treuen Reisebegleiter waren. Ebenso begrüße ich meine Untertanen. Sollte noch einer von euch der Idee verfallen, die Kasse zu plündern, dann hacke ich ihm höchstpersönlich die Hände ab. Mögen die Spiele beginnen.«
Der Beifall der Zwerge ist frenetisch, die

anderen Spezies halten sich eher zurück, so auch erfreulicherweise der Riese, der durchaus nennenswerte Schäden durch jedwede Bewegung verursachen könnte. Eine weitere Ankündigung des Königs folgt.

»Die Zwerge, denen ich auftrug, eine rote Zipfelmütze zu tragen, werden euch an die Tische weisen und später die Karten geben. Folgt ihren Anweisungen, oder Ihr dürft den Wald direkt verlassen. Natürlich ohne die Goldtaler, versteht sich.«

Es vergehen viele Momente, bevor alle Spieler ihre Plätze gefunden haben. Jedem werden Chips im Wert von 2.000 Krucks ausgeteilt. Die Kartengeber halten die Karten in der Hand, die aus feinstem gehobelten Holz bestehen und kaum dicker als normales Papier sind. Um die Stabilität zu erhöhen, haben sie die kleinen Plättchen eingewachst. In der Kunst des Handwerks macht den Zwergen so schnell niemand etwas vor.

Das Spiel beginnt.

Laberlan hat Bill gut vorbereitet. Auch wenn sich ein Turnieranfänger von der Vielzahl an Gegnern und der mehr oder minder professionellen Aufmachung blenden lassen konnte, so ist dieses Turnier alles andere als hochwertig. Viele der Zwerge spielen kaum mehr als die jährlichen Turniere und liegen auf dem Niveau eines blutigen Anfängers. Auch viele der Menschen versuchen erstmals ihr Glück. Kurzum, es gilt mindestens Neunzig Prozent der Stümper zu überstehen. Viele kleinere Turniere dieser Art waren in den letzten Jahren entstanden, aber viele gute Spieler haben sie nicht hervorgebracht. Die wirkliche Elite spielt viele Tage von hier entfernt im sonnigen Los Vulgarias, dem Spieleparadies. Man sagt, der Zwergenkönig habe dort schon mehrfach viel Gold gewonnen. Andere sagen, er habe das Gerücht selbst aufgebracht. Die Wahrheit kennt nur er.

Jedenfalls muss Bill sein Spiel an die Qualität anpassen. Er weiß, wie man gegen gute Spieler spielt, aber gegen schlechte Spieler ist eine andere Vorgehensweise erforderlich. Anfänger werfen zu selten die Karten weg und neigen dazu, einen Bluff nicht zu erkennen aber dennoch nicht auszusteigen. Das darf Bill nicht vergessen. Außerdem darf er nicht vergessen, dass er den Gerstensaft nicht auf einem Zwergenkopf abstellt. Das mögen die überhaupt nicht, wie er gerade jetzt unsanft feststellt.

»Du Riesenrindvieh, sehe ich aus wie eine

Bar?«

»Oh, entschuldige, aber warum hast du auch ein Tischtuch auf dem Kopf?«

»Das ist ein Kriegstuch, Du dummer Riesenpilz. Ich werde dir nach dem Turnier die Beine abtrennen, dann spucke ich dir in dein Gesicht.«

Ja, die Zwerge sind sehr freundlich, insbesondere mit einem schwingenden Beil in der Hand. Trotzdem konzentriert sich Bill auf das bevorstehende Turnier und ignoriert die Drohung vorerst. Er wird sein nächstes Getränk aber sicher nicht in absehbarer Zeit bestellen.

Im ersten Spiel sitzt Bill im Big Blind. Sieben Spieler halten den Blind, niemand erhöht. Laberlans Vermutung war also richtig, und Bill wird sich einige Flops günstig anschauen können. In diesem Spiel hält er Dame, Drei und findet Bube, Acht, Sieben, der Flop ist verfehlt. Bei dem ersten Gebot wirft Bill seine Karten weg. Im zweiten Spiel wiederholt sich das Bietverhalten, und trotz der schwachen Sieben, Sechs hält Bill aus dem Small Blind heraus und verfehlt den Flop abermals.

Einige Spiele vergehen, und in den ersten zehn Spielen wird nur zweimal vor dem Flop erhöht, und dennoch gehen fünf Spieler jeweils mit. Das, was Bill als richtiges Spiel kennen lernte, spielt hier und jetzt eine untergeordnete Rolle. Vorerst gilt es, der großen Anzahl schwacher Spieler möglichst viel Chips zu stehlen.

Im elften Spiel hält Bill ein Pärchen Zweien und verzichtet auf eine Erhöhung. Mit einem einfachen Halten kommt er in den Flop und findet in drei Farben As, Vier, Zwei. Er hält den Drilling und ist in erster Position. Insgesamt spielen acht der zehn Spieler den Flop, und Bill bietet nicht. Eine Kreatur, die Bill stark an seinen Hafermus zum Frühstück erinnert, bietet den dreifachen Blind, und vier Zwerge halten, Bill ebenso. Die nächste Karte ist eine Zehn in der vierten Farbe. Es drängt sich keine mächtige Karte auf des Gegners Händen auf, also spielt Bill weiter langsam und gibt ohne Gebot weiter. Abermals bietet der hafermusähnliche Klumpen, und es gehen drei Zwerge mit, sowie Bill.

Auch die letzte Karte, eine Sieben, hilft wahrscheinlich niemandem wirklich. Bill bietet auch in der letzten Runde nicht. Das Frühstück bietet, ein Zwerg steigt aus, ein anderer Zwerg erhöht und der dritte Zwerg hält, nun schiebt Bill die Hälfte seiner Chips in die Mitte. Ein Zwerg wird nicht mitgehen, die anderen beiden halten das Gebot und sind dem Drilling mit einem Pärchen Asse beziehungsweise einem Pärchen Zehnen unterlegen.

Sechsmal hat Bill den Einsatz gebracht und nicht gewonnen, erst beim siebten Spiel holt er Chips und macht aus den eingangs 2.000 erfreuliche 4.600. So hat es ihm Laberlan beigebracht, es läuft nach Plan.

Ein Zwischenfall bremst den Spielfluß. Der Riese ist ausgeschieden und drückt sehr sanft seine Unzufriedenheit aus, indem er zart auf den Tisch klopft. Dieser, wohlgemerkt aus Stein gemeißelt, gibt nach und fällt in etliche Einzelteile. Chips, Karten, Tischteile und Zwerge wirbeln durch die Arena und landen auf anderen Tischen. Die Entschuldigung des Riesen findet wenig Anklang, obwohl er sehr bemüht bleibt, seine Absicht zu bestreiten. Leider beteuert er dies gestikulierend und erwischt mit der rechten Hand den Kaktus, der direkt hinter ihm steht. Nur Dank des beherzten Eingreifens von zwölf Zwergen kommt es nicht zur Katastrophe, als der Riese vor Schmerz strauchelnd beinahe durch die Arena eine Spur der Verwüstung gelegt hätte. Nach einiger Zeit gelingt es den Veranstaltern, den Riesen aus der Arena zu befördern. Das Spiel ist unterbrochen und der Kaktus lächelt immer noch.

Es sind schon einige Spieler ausgeschieden

und deshalb wird die Spielpause genutzt, um einige Tische aufzulösen. Bill wechselt den Tisch und sieht zuerst einen Chipstapel, der seinen eigenen erbärmlich aussehen lässt. Ein Zwerg nennt bereits Chips im Wert von 10.000 sein eigen, ein anderer kommt auf immerhin 6.000. Ein Mensch hütet knapp 3.000, während die anderen, allesamt Zwerge, weniger als ihr Startkapital vorweisen können. Gleich im ersten Spiel nach dem Neustart schiebt ein Spieler sein gesamtes Kapital, 700 in Chips, in die Mitte. Der reiche Zwerg hält. Gespannt schaut Bill auf die Karten, die die Kontrahenten zeigen, und ist einigermaßen enttäuscht. Acht und Neun in gleicher Farbe fordern König, Zehn in zwei Farben heraus. Der Flop bringt tatsächlich die Neun, während der River mit einer Zehn die alten Verhältnisse wieder herstellt. Ein weiterer Zwerg verlässt das Turnier. Dieses Spielverhalten macht Schule, und die nächsten Runden werden weitaus aggressiver gespielt.

Die Spiele vergehen und Bill wirft überwiegend Karten in die Mitte, kaum Chips. Nach einer Weile, die Blinds liegen bei 60 im Big Blind, erhöht ein Zwerg in früher Position auf 400. Die anderen Spieler verzichten auf den Showdown. Bill schaut sich seine Karten an und findet ein Pärchen Könige. Ein Blick auf den Chipstapel des Zwerges verrät sein Gesamtvermögen in Höhe von 900. Bill erhöht auf 900. Kein anderer Spieler hält, nur der Zwerg mit dem Gebot natürlich. Sein Pärchen Vieren wirkt natürlich vergleichsweise armselig. Im Flop kommen Zwei, Drei und Fünf zum Vorschein, aber mehr passende Karten findet der Zwerg nicht und scheidet aus. Bill liegt auch an dem aggressiven Tisch im Plus, seine Taktik geht abermals auf.

Die Zeit vergeht. Einige Spieler scheiden aus, andere, wie auch Bill, mehren stetig ihre Chips. Bemerkenswerte Spielsituationen treten kaum auf, bemerkenswerte andere Situationen sehr wohl.
»Ihr seid es nicht wert, dass ich meine Zeit an euch verschwende!«
Wütend erhebt sich ein Vierundzwanzig entgegen seiner eigentlich gelassenen Art.
»Eher gewinnt ein Urisk einen Schönheitswettbewerb, als dass einer von euch widerlichen Zwergen jemals lernt, zu pokern. Aber nein, nicht nur, dass ich meinen Intellekt gerade verschwende, das Schlimmste ist, dass Ihr widerlich stinkt.«
Sichtlich empört stolziert der Vierundzwanzig aus der Arena und hinterlässt dutzendweise verachtende Blicke. Das verblüffte

Schweigen schlägt schnell in gepflegte Pöbelei um, die ebenso von kurzer Dauer bleibt und lautstarker Beleidigungen weicht. Spielen ist in diesem Augenblick undenkbar.

»Nun, so ganz Unrecht hatte er eigentlich nicht.«

Mit diesem Satz zieht ein Mann, seines Zeichens Wanderer und Poet, den Zorn der Zwerge auf sich. Die ersten Keulen und Messer werden bedrohlich in die Luft erhoben. Ein Vierundzwanzig erhält einen Tritt gegen das Schienbein, weil er nach der Aussage leicht genickt hat. Die Bemerkung »Lustig!« bringt dem Kaktus ebenfalls einen Tritt ein, den der Zwerg noch in zwei Wochen bereuen wird.

Dennoch beruhigt sich die Lage ein wenig. Das geschäftige Brummeln lässt nicht nach, aber die angedrohte Gewalt bleibt offenbar aus. Selbst die Dealer beginnen wieder zu mischen. Doch ein Zwerg, der am Tisch des Vierundzwanzig sitzt, schaut zu seinem Tischnachbarn, ebenfalls ein Zwerg. »Er hat gesagt, du stinkst.«

Da springt der angesprochene Zwerg auf den Tisch und beißt dem anderen beherzt in die Nase. Das ist der Beginn einer Rauferei, an der sich alle Zwerge und auch einige andere Spieler beteiligen.

»Ich klatsche dreimal in die Hände. Wer dann nicht an seinem Platz sitzt und ruhig bleibt, darf die nächsten Tage ohne Unterbrechung Steine klopfen.« Ein Zwerg mit mächtigem Hut, scheinbar ein Zeichen seines Ranges als Verantwortlicher, steht erhöht auf einem Sockel und bemüht sich mit den Worten, Ordnung zu schaffen. Weder sein erstes noch sein zweites Klatschen erzeugt eine Wirkung, die Rauferei geht weiter. Der König betritt die Arena und verzichtet auf optische Unterstützung und setzt auf sein kräftiges Organ.

»ICH KLATSCHE NICHT, ICH TÖTE!«

Beeindruckend, wie schnell nahezu 100 Wesen ihre Plätze finden können, wenn die Motivation stimmt.

Viele weitere Vorkommnisse treten nicht auf. Das Turnier verläuft harmonisch, und die Reihen lichten sich nach und nach. Die Sonne schaut bereits sehnsüchtig unter den Horizont und deutet an, dass sie in Kürze dorthin abtauchen möchte. Im Turnier befinden sich nur noch sieben Spieler, darunter auch Bill. Nun sind es noch sechs, noch fünf, und der letzte Zwerg verlässt unzufrieden das Turnier.

Die Bereitschaft zur Verzweiflung treibt das Tempo voran, und am Ende sitzen nur noch Bill und der Kaktus am finalen Tisch. Beide haben nahezu die gleiche Anzahl Chips und könnten bis zum Morgen spielen, doch die Lage spitzt sich schnell zu. Beide haben bis jetzt wenig gesetzt, um den Flop zu sehen und schauen nun einander an.

»Wie ist dein Name, Mensch?«
»Ich bin Wild Bill Hick, Sohn des Hock, und Du?«
»Ich bin Kaktus Meckkall, Sohn des, nun, was weiß ich. Hey, ich bin ein Kaktus!« Er lächelt, wahrscheinlich. Bevor man einem Kaktus begegnet ist, kann man ihn sich kaum vorstellen. Er hat im eigentlichen Sinne weder Beine noch Augen oder einen Mund, dennoch kann er sich fortbewegen, sprechen und schauen, scheinbar sogar Karten halten. Dem Gerücht nach sind Kaktussen, nicht zu verwechseln mit Kakteen, sehr schlechte Verlierer und neigen noch mehr zur Brutalität als Zwerge. Dieses Exemplar scheint weniger aggressiv, glaubt zumindest Bill.

Im Flop liegen As, Dame und eine Acht. Bill blickt nochmals in seine Karten, auch wenn Laberlan dieses Nachschauen immer kritisiert hat. As und Acht hält Bill auf der Hand, er bietet. Kaktus Meckkall erhöht und Bill hält den Einsatz. Die nächste Karte ist eine Vier, und Bill bietet hoch, aber Meckkall erhöht abermals. Im River kommt die Drei zum Vorschein, und nochmals bietet Bill, doch Kaktus schiebt alle Chips in die Mitte.

Lange überlegt Bill, ob er halten soll. Auf dem Tisch liegt nichts, dass auf einen Straße hindeuten, fünf Karten einer Farbe sind ebenfalls unmöglich. Einzig ein Drilling oder auch zwei bessere Pärchen wären möglich. Bill schaut zu Kaktus, auf der Suche nach Indizien wird er nicht fündig. Er sieht nur einen Kaktus, etwa zwei Meter groß, sehr stachelig, grün, eben ein Kaktus.

»Ich halte.«

Die Spannung ist unerträglich. Etwa dreihundert Zuschauer sind mehr oder minder um den Tisch versammelt und ein Raunen flutet die Arena. Bill zeigt seine Karte, die beiden Pärchen Asse und Achten mit dem Kicker Dame. Doch was hält Kaktus? Seine Karte ist zweifelsfrei stark, doch er wirft die Karten weg, ohne sie zu zeigen. Bill hat das Turnier gewonnen.

Jubelnd springt er auf und nimmt Glückwünsche und neidvolle Blicke entgegen. Mit hochgestreckten Armen dreht er sich vom Tisch weg und winkt in die Menge, die, zumindest seitens der Zwerge, wenig bis gar nicht zurückwinkt. Unterdessen beginnt ein Stachel des Kaktus zu vibrieren. Blitzartig schießt Kaktus den Stachel ab, der sein Ziel in Bills Schulter findet. Mit Schmerzen dreht sich Bill um und erschrickt, der Kaktus vibriert, alle Stacheln vibrieren. Starr vor Entsetzen muss Bill zusehen, wie das Schicksal über ihn entscheidet.

Er sieht keine Stacheln auf ihn zufliegen, vielmehr sieht er eine Axt, die den Kaktus in zwei Teile spaltet, und als der Kaktus seitlich auseinander fällt, erkennt Bill den Zwergenkönig.

»Wer hier wen hinterrücks niederstreckt, entscheide immer noch ich. Ich konnte Grünzeug noch nie etwas abgewinnen. Man kann daraus weder Hütten noch Waffen bauen.«

Erleichtert atmet Bill auf, seine Starre weicht dem Zittern.

»Hast du auch Stachel, Mensch?«

»Nein, nein, ich zittere nur, das ist Angst.«

»Menschen, unsinnige Kreaturen.«

Der König geht auf Bill zu und reicht ihm die Hand.

»Du hast gewonnen, Mensch. Hier sind die 1.000 Goldtaler. Ich rate Dir, darauf aufzupassen. In der Arena wird dir wahrscheinlich nichts geschehen, aber man weiß es nie. Der dumme Riese, der die Arena verwüstet hat, wartet draußen auf dich und wird dich aus dem Wald begleiten, sobald wir fertig sind. Mehr werde ich nicht für dich tun.« Bill nimmt den Sack entgegen und spürt die gierigen Blicke zahlreicher Zwerge um ihn herum.

»Doch erst einmal, Mensch, spielen wir.«

*

Alle, die beim Finale des Turniers anwesend waren, blicken gespannt auf das Spiel des Siegers gegen den mächtigen Zwergenkönig. Na gut, beinahe alle, der Kaktus ziert gerade einen Haufen mit Waldabfällen.

Beide Spieler starten mit 10.000 Chips und einem Big Blind von 100. Die ersten Spiele geht es hin und her. Es werden kaum Karten aufgedeckt. Es ist ein vorsichtiges Abtasten, mit kleinen Vorteilen seitens des Königs. Doch Bill verliert den Anschluss nicht, immer wieder holt er sich Chips zurück. Ein Bluff gelingt, einer misslingt, ein Gebot wird gehalten, ein anderes nicht. Beide arbeiten mit allen Tricks, die denkbar sind. Scheinbare Abwesenheit, totale Blickkontrolle, Wechsel zahlreicher Stilmittel. Der König bietet hoch, danach bietet er gar nicht, Bill erhöht, und er hält, kein Spiel gleicht dem nächsten. Mit viel Raffinesse halten sie einander auf Distanz, und das Publikum ist begeistert von derart spielerischer Genialität. Nun, einige Zwerge sind weniger begeistert als gelangweilt, aber der König signalisiert, dass frühzeitiges Entfernen vom großen Spiel mit verloren gegangenen Gliedmaßen bestraft wird.

Die Zeit verrinnt und der Big Blind fordert bereits 1.000. Lange wird es nicht mehr dauern. Bill weiß 8.000 Chips vor sich, während der König bereits 12.000 sein eigen nennt. Aus dem Smallblind heraus hält der König, Bill erhöht nicht und wartet auf den Flop.
Drei, Drei und Vier liegen in der Tischmitte. Kühl, beinahe gelangweilt blickt Bill zum König und schiebt 2.000 in die Mitte. Der König hält. Im Turn erscheint die zweite Vier. Auf der Hand hat Bill lediglich eine Zwei und eine Sieben, aber er ist sicher, dass der König auch nichts Brauchbares hat und schiebt alles in die Mitte. Wenn der König aussteigt, steht Bill bei 11.000 und befindet sich in der besseren Position.

»Na gut, Mensch, du hast ein großes Spiel gespielt. Du hast dir den Wunsch redlich verdient, deshalb gehe ich mit, auch wenn ich noch absolut nichts habe. Wenn es das Schicksal nicht schlecht mit dir meint, wirst du gewinnen, und den Rest meiner Chips gebe ich dir als Geschenk.«

So großzügig das Angebot des Königs auch ist, es kommt zu einem schlechten Zeitpunkt. Seine aufgedeckten Karten zeigen eine Fünf und eine Sechs. Bill deckt seine Karten ebenfalls auf, und der König beginnt laut zu lachen.

»Du hast die bessere Karte und kannst nicht gewinnen. Ihr Menschen seid doch wirklich zu dämlich.«

In der Tat ist die Sieben die stärkste Karte, doch gewinnen kann Bill nicht. Bringt der River eine Zwei oder eine Sieben, dann hat der König die siegbringende Straße, bei einer Fünf oder Sechs das höhere Pärchen, bei allen anderen Karten kommt es zum Split, zum Unentschieden.

Mit dieser unschönen Aussicht hofft Bill, dass keine der befürchteten Karten aufgedeckt wird. Um die Spannung zu erhöhen, wartet der Geber, und er wartet, und er wartet. Dann zeigt er die letzte Karte. Es ist eine Sieben, der König gewinnt.

Nach einem bösen Blick des Königs in Richtung seiner Untertanen beginnt frenetischer Applaus. Stolz reibt sich der König seine Knollennase und richtet seine Krone, um besonders siegesbetont auszuschauen, dann blickt er auf den Menschen.

»Du hast ausgezeichnet gespielt, Mensch, und du hast 1.000 Goldtaler gewonnen. Warum freust du dich nicht?«

»Ich habe versagt, euer Majestät.«

Der König räuspert sich, als hätte er einen melonengroßen Klumpen im Hals. Auf der Suche nach netten Worten ist er nicht so geschickt wie als gestrenger Herrscher.

»Ich bin auf deinen Bluff hereingefallen, Mensch. Nur der Zufall wollte es, dass ich gewinne. Also freue dich über dein großes Spiel und deinen Reichtum.«

Auch nette Worte helfen nicht, denn Bill kann seinen Stamm nicht retten.

»Ich benötigte den Wunsch, Majestät. Nun werdet Ihr uns vertreiben, und ich trage die Verantwortung.«

Ob ihn die Gier oder eine nettere Eigenschaft dazu antreibt, wird niemand je erfahren, dennoch ersinnt er eine Lösung.

»Das ist alles? Machen wir ein Geschäft. Du gibst mir 500 Goldtaler, und ich lasse deinen Stamm zwanzig Jahre in Ruhe. In zwanzig Jahren ist die nächste Gebühr fällig.«

Überglücklich ob dieser Wendung zählt Bill rasch die Goldtaler ab und überreicht sie dem König. Bills überschwänglicher Dank macht den König verlegen, doch als eine

Umarmung droht, reagiert der Regent.
»Damit wäre alles gesagt, Mensch, und nun verschwinde. Ich will nicht, dass der Riese noch lange vor den Toren wartet. Wenn er übermüdet gegen einen Baum fällt, kippt der ganze Wald um.«

Glücklich zieht Wild Bill Hick ab. Er hat verloren, und er hat gewonnen.

Die Macht des Druiden

Auf einer Lichtung, umgeben von einem dichten Eichenwald, stehen sich zwei Männer in weißen Gewändern gegenüber. Beobachtet werden sie dabei von zahlreichen Schaulustigen, die sich ganz ihrer Neigung nach hinter dem jeweiligen Mann positionieren. Das bevorstehende Ereignis kommt einem Wagenrennen gleich, könnte man den Gesichtern der Zuschauer entnehmen.

»Siehe meine Macht, Mog Ruinh, und koste meine schmerzvollen Blitze der Lähmung.« Mit erhobenen Armen deutet der Mann die Folgen seiner Worte an, doch auch der andere weiß die Arme zu erheben.

»Ich bin der mächtigste Druide, Bluyff, deine Blitze verschwinden im Wirbel des Bewusstseins. Ich rate dir im Guten, verspiele nicht dein Leben und spreche laut, dass ich dir über bin.«

Die Schaulustigen sind die jeweiligen Stämme, denen die Druiden mit Rat und Tat zur Seite stehen. Dieses Mal stehen die Stämme den Druiden zur Seite und begleiten jedwede Gebärden mit Ah! und Oh!.

»Ein Kinderzauber, Mog Ruinh, nichts als ein Kinderzauber. Wisse, meine Macht kennt nur göttliche Grenzen. Spüre das Gift der

Schlange aller Schlangen.« Noch bevor Bluyff seinen Zauber zu sprechen vermag, reagiert Mog abermals.

»Du sprichst von Kinderzauber und bedrohst mich mit einer Laiennummer, dessen ich zu antworten zu Beginn meiner Lernzeit bereit war. Der Spruch eines Gegengiftes kostet mich weniger Aufwand als ein Lächeln ob deiner kläglichen Versuche.«

Nun senkt Bluyff seine Arme und wirkt resigniert, doch vielmehr schöpft er die Kraft zum alles entscheidenden Schlag.

»Du bist ein nahezu ebenbürtiger Gegner, mein Freund. So wird es mich schmerzen, ausgerechnet dich mit meinem Vierteilungszauber der Himmelsrichtungen zu bezwingen. Doch so sei es, denn ich werde siegen.«

Mit einer abfälligen Geste antwortet Mog gelassen.

»Alle Druiden wissen, dass dieser Zauber absolut unmöglich ist. Du bist nur ein alter Mann, Bluyff. Die ganze Welt lacht über dich.«

Bluyff erhebt abermals seine Arme.

»Ignorantia iuris nocet, mein Freund. Bereite dich auf deinen Tod vor.«

Kaum verständlich für die Zuschauer spricht der Druide leise eine Formel, doch er wird sie nicht beenden.

»Halt, Bluyff. Halte ein. Ich erkenne deine Macht an und unterwerfe mich dir.« Damit endet das große Duell der mächtigsten Druiden, Bluyff ist der Sieger. Der Häuptling nebst Gefolge stürmt jubelnd auf den alten, weißhaarigen und weißbärtigen Mann, um ihm im Überschwang zu gratulieren.

»Ich habe keine Sekunde an dir gezweifelt, mein mächtiger Druide. Ihr habt es dem alten Zausel tüchtig gegeben.« Der Häuptling, ein dicker ungepflegter Mann, wettet stets gegen seinen eigenen Druiden, um im Falle eines Versagens zumindest nicht ganz leer auszugehen. Schon lange ignoriert der Druide dieses Verhalten.
»Wo ist Looserix, mein treuer Schüler?«
»Nun, er wollte euch nicht im Wege stehen und tat einige Schritte zurück. Dabei fiel er hinab auf einen Wolf, der ihn jagte. Looserix sprang auf einen Baum direkt in ein Wespennest, sprang herunter und lief schreiend am Wolf vorbei, der ziemlich verschreckt wirkte. Nun wird Looserix wahrscheinlich gerade im See Schutz vor den Wespen suchen. Möge er nicht ertrinken.«
»So etwas in der Art dachte ich mir.« Ja, der Druide kennt seinen Schüler. Looserix ist ein wissbegieriger Tölpel mit gerade sechzehn Jahren, und dabei für jedermann liebenswert,

aber eben ein Tölpel.

Im Dorf angekommen wird dem Druiden zu Ehren ein Fest bereitet. Es wird gegessen und viel Wein getrunken, dazu liefert der Barde musikalische Köstlichkeiten. Der Barde versteht sein Handwerk und ist über die Grenzen hinaus für seine Texte und seine hervorragende Stimme bekannt. Ganz anders sein Bruder, der in einem weit entfernten Dorf ebenfalls den Barden mimt, doch nicht für seine Stimme berühmt, sondern berüchtigt ist, aber das ...
... das ist eine ganz andere Geschichte.

Die Dorfbewohner erfreuen sich an den alten Heldentaten, wie der Druide beispielsweise einen Hüttenbrand mit einem Wasserzauber löschte, oder wie er einen Drachen herbei beschwor, um Feinden Einhalt zu gebieten, oder eben die legendäre Auseinandersetzung mit einem Druiden, den er mit der Vierteilung der Himmelsrichtungen bezwang. Oh ja, der Druide ist ein mächtiger und dennoch fairer und weiser Mann. Jeder Stamm wäre glücklich, ihn in den eigenen Reihen zu wissen.
Auch Looserix hat den Weg zum Dorf zurück gefunden und nimmt neben dem Druiden Platz, das Privileg des Häuptlings auf der

einen, und das des Schülers auf der anderen Seite. Der Häuptling formuliert es gern anders, nämlich der Druide an der Seite des Häuptlings, und dessen Schüler einen Platz weiter. Ein Händler des Dorfes formuliert es ebenfalls anders, nämlich als den Platz des Schülers, dessen Stuhl auf sicher auseinander fällt, egal wo er sich hinsetzt. Meistens liegt er damit richtig.

»Wie habt Ihr ihn besiegt, mein Lehrer? Habt Ihr ihn geviertteilt?«

»Nein, mein Schüler, er hielt es für den rechten Weg, es nicht darauf ankommen zu lassen.«

Enttäuscht nimmt Looserix einen Schluck Wein, verschluckt sich dabei, schüttet seinen Tischnachbarn Wein über die Kleidung und fängt sich eine Ohrfeige ein. Routiniert kehrt er zum Gespräch zurück.

»Er ist ein Feigling und einem Duell mit euch nicht würdig. Ach, wäre ich doch auch so ein großer Druide wie Ihr.«

Bluyff lächelt milde.

»Nun wird es Zeit für dich, mein Schüler. Die Nacht bricht herein, und wir werden morgen mit dem ersten Hahnenschrei aufbrechen. Also gib dich deinen Träumen hin. Einige, so heißt es, werden wahr. Also gib acht.«

Die Feier dauert noch Stunden, doch auch

der Druide wird das Ende nicht sehen, denn er begibt sich ebenfalls zur Nachtruhe. Im Gegensatz zu seinem Schüler verzichtet er allerdings darauf, sein Bett anzuzünden.

*

Am nächsten Morgen gehen der Lehrer und sein Schüler beim Morgengrauen in den Wald. Sie sind auf der Suche nach seltenen Kräutern. »Sieh da oben, Looserix. In dem Baum. Das sind Misteln.« Gespannt blickt der Schüler nach oben. »Begeben wir uns auf den Baum um welche zu schneiden?« »Wozu? Die Dinger schmecken nicht und haben keinen Nutzen. Nun hast du etwas gelernt.« Doch der Unterricht ist damit noch lange nicht am Ende. Wenig später schneiden sie einige Kräuter in weniger riskanter Höhe, als Looserix nach oben schaut.

»Mein Lehrer, ich frage euch, was ist das da oben?« Noch bevor der Druide nach oben blickt, antwortet er. »Ein Flugzeug.« Sein Schüler ist überrascht. »Ein Flugzeug? Was ist ein Flugzeug?« Bluyff räuspert sich. »Nun, fliegendes Zeug eben, in diesem Fall ein Vogel. Es ist irgendein großer Vogel, mein Junge.« Die Antwort stellt den Jungen nicht zufrieden, doch folgt er dem stillen Ruf, weiter zu schneiden.

Als die Kräuter gesammelt sind und die Mittagssonne heiß brennt, ruhen sich die beiden unter einer großen Eiche aus. »Genug geschuftet, Looserix. Zeit für eine Siesta.« Die fragenden Blicke seines Schülers fordern eine Erklärung. »Das ist Latein, Looserix, und bedeutet soviel wie Ausruhen.« Doch Looserix glaubt den Worten nicht und fragt nach.

»Ihr redet in letzter Zeit häufig wirr, mein Druide, mein Meister. Ihr wisst, dass ich euch bewundere und mein Leben anvertrauen würde. Doch Ihr verheimlicht mir etwas. Wenn ich ein großer Druide werden soll, dann müsst Ihr mir auch vertrauen.« Nachdenklich beginnt der Druide leicht zu nicken.

»Ja, mein treuer Schüler. Du hast mein Vertrauen, aber was ich dir gleich zeigen werde, könnte dein Leben auf immer verändern. Doch du hast es dir längst verdient, mit mir dieses Geheimnis zu teilen. Dann wirst du gleich eine Antwort auf deine Frage erhalten, und gleichzeitig viele neue Fragen.«

Nach einer kurzen Weile des Überlegens erzählt der Druide. »Vor einigen Wochen, kurz vor einem Druidentreffen zu Ehren unseres Ältesten, wollte ich meinen roten Hut für besondere Anlässe zurecht legen. Dabei fiel mir auf, dass dieser einen Riss hatte. Also suchte ich das Flickzeug, fand es aber nicht. Dann sprach ich ohne Absicht eine Zauberformel und vollendete einen der größten Zauber. Obgleich, es war vielleicht nicht einmal mein Zauber. Aber du wirst gleich verstehen.«

Ohne zu viele Gesten spricht er sitzend die geheimnisvolle Formel.

»Wo ist der verflixte rote Faden, zum Teufel.«

»Poff!« Nein, es ist kein Geräusch, das sich in etwa wie Poff anhört. Vor den beiden steht ein Mann mit roten Haaren und einem roten Overall. Er hat beim Erscheinen einfach Poff gesagt.

»Mahlzeit, Weißkittel. Die Blitzgescheiten grüßen dich. Oh, heute mit Haustier. Wie heißt es denn?« Looserix Unterkiefermuskulatur verabschiedet sich, während der Druide zu erklären versucht.

»Das, mein Junge, ist Roter Faden. Er kommt scheinbar aus der Zukunft. Er zeigte mir in einem Kasten lebendige Bilder aus einer Zeit, die noch vor uns liegt. Nun weißt Du, warum ich von Zeit zu Zeit so merkwürdige Worte sage. Ich bin selbst heute noch überwältigt von der Fülle an Wissen, die er mit sich trägt. Und keine Sorge, trotz seiner merkwürdigen Worte, er ist offenbar ein guter Mensch.«

Es ist unwahrscheinlich, dass Looserix alle Worte aufnehmen kann, aber etwas scheinen ihn die Äußerungen des Druiden, der sich nun seinem Besucher widmet, zu beruhigen.

»Sei gegrüßt, der du dich Roter Faden nennst, mein Freund. Dies ist mein getreuer Schüler Looserix, ein gelehriger und vertrauenswürdiger Junge, für den ich mein Leben geben würde.« Davon unbeeindruckt winkt er kurz zu Looserix herüber und wendet sich schnell Bluyff wieder zu. »Soweit wird es wohl kaum kommen, Zauberer im Bettlaken. Heute habe ich übrigens keine Bilder für dich, aber einen starken Tipp. Erkläre dem Knaben mit dem Hang zur Kinnladengravitation die Geheimnisse des Täuschens. Das Schicksal der Menschheit hängt davon ab. Vielleicht auch nicht, aber schaden würde es sicherlich nicht.«

Wohlwollend stimmt der Druide dem Vorschlag zu. »Deine Ratschläge waren bisher weise, also werde ich diesen ebenso befolgen, mein Freund. Sei dir meines Dankes gewiss.«

»Ist schon in Ordnung, Alterchen. Ich mache mich dann auf den Weg. Beim nächsten Mal zeige ich dir vielleicht die Geheimnisse des Baseball. Ein hochinteressanter Zeitvertreib, Du wirst staunen. Viel Spaß noch. Dir auch, du

Plaudertasche. Dein Meister hat dir das Reden aber nicht verboten, oder doch?« Die Antwort wartet der rote Faden nicht ab, sondern verschwindet wortlos. Sekunden später ist er wieder da.

»Ach Ja. Poff!« Jetzt ist er endgültig weg.

Es vergehen einige Augenblicke, bevor der Junge die Sprache wieder findet. »Geschah es wirklich, mein Lehrer?« Bluyff nickt zustimmend. »Was war das?« Beruhigend legt der Druide seine Hand auf des Schülers Schulter. »Das war der größte Zauber, an dem ich je teilhaben durfte, mein Junge.« Nach kurzem Nachdenken schüttelt Looserix den Kopf. »Nein, dass war es nicht, denke ich. Der Zauber war durch Menschenhilfe geschehen. Die Vierteilung geschah mit Hilfe der Götter.«

»Nun, Looserix, dass ist so nicht die Wahrheit. Ich habe nie einen Vierteilungszauber gesprochen, und auch nie Blitze oder Gift herbei beschworen. Doch das gehört alles zu den Lektionen, die ich dir morgen beibringen werde. Für heute war es genug. Versuche, das Geschehene zu begreifen, und dann sehen wir morgen weiter. Nun lass uns aufbrechen.«

*

Zwei Gründe hindern den Hahn daran, den Stamm mit seinem Ruf zu wecken. Der erste Grund ist der Zeitpunkt, denn die Sonne ist noch nicht aufgegangen. Der zweite Grund ist Kernig, ein sehr langer und schlanker Gote. Er sitzt auf dem Haufen, von dem der Hahn seinen Weckruf üblicherweise zum Besten gibt. Vor dem Goten steht eine Kerze, die ihm der Druide gab. Neben der Kerze verteilen sich vier kleine Schälchen mit von Kernig selbst angerührten Farbpasten. Neben dem Goten sitzt der Hahn, dem seine heutige Aufgabe überhaupt nicht zusagt.

Auf Bitte des Druiden fertigt der Gote besondere Holzplättchen an. Er hat sie geschnitten und gehobelt, so dass sie sich gleichen wie ein Ei dem anderen. Nun versieht er die Plättchen mit den Zahlen von I bis V in vier verschiedenen Farben. An alles hat Kernig gedacht, nur eine Feder besitzt er nicht. Gut durchdacht fiel ihm der Hahn ein, nun hat er eine Feder. Tatsächlich hat er viele Federn, und weil er dem Hahn keine Schmerzen zufügen wollte, besitzt der Hahn seine Federn immer noch. Allerdings sind sie nicht im gewünschten Zustand. Einige Federn sind grün, andere sowie die Krallen sind rötlich während wieder andere und der Schnabel eine bläuliche Farbe aufweisen.

Nur die weiße Paste fällt nicht weiter auf.

Der Vogel wird in wenigen Stunden von einigen Kindern ausgelacht werden, ist übermüdet, weil er seit Stunden als Malzeug dienen muss und fühlt sich sehr unbehaglich. Aber Kernig ist zufrieden, der Hahn behält seine Federn.

Der Gote ist aus Dankbarkeit ein sehr eifriger und hilfsbereiter Bewohner des Dorfes geworden. Seine Methoden mögen bisweilen ungewöhnlich sein, doch löst er jede Aufgabe. Mit Ausnahme des Hahns ist er bei jedermann beliebt und keiner bereut es, dass sie ihm als Kriegsflüchtling Asyl gewährten. Man könnte annehmen, dass er der friedfertigste aller Goten ist, und man würde damit richtig liegen.

Nachdem die Sonne den Horizont überschritten hat und der Hahn nun endlich seinen Weckruf startet, dies eher auf Drängen des pflichtbewussten Kernig, der ihm die Aufgabe vorführt und ihn dabei ständig anschubst, macht er sich auf den Weg zur Hütte des Druiden.

»Guten Morgen, Bluyff. Hier sind die Plättchen, wie du es wünschtest. Du siehst nicht gut aus, bist du krank?« Der Druide streckt seine Gliedmaßen aus und schüttelt

sich ein wenig. »Guten Morgen, Kernig. Nein, mir geht es wahrscheinlich prächtig. Mit Gewissheit werde ich das sagen können, wenn ich wirklich aufgewacht bin. Deine Art anzuklopfen ist von einzigartiger Weise. Aber ich danke dir für die Arbeit, mein gotischer Freund. Gehst du nun schlafen?« Die Frage empfindet Kernig als merkwürdig. »Nein, Bluyff, es ist helllichter Tag, da schläft ein Mann nicht.« Die Aussage ist nicht frei von Logik. »Aber du warst doch die Nacht wach.« »Natürlich, Bluyff, ich hatte doch zu tun.«
Einige Gespräche führen zu nichts, also verabschieden sich die beiden und wünschen einander einen schönen Tag.

Einige Stunden später sitzt der Druide am Tisch in seiner Hütte, ihm gegenüber sitzt Looserix. »Du warst mit einem Wolf beschäftigt, als ich das Zaubererduell gewann. Aber ich gewann es nicht durch Zauber, sondern durch Wissen. Ich deutete einen Zauber an, dem mein Herausforderer seinerseits einen Zauber entgegensetzte. Dies geschah nochmals, bevor ich meinen mächtigsten Zauber versprach. Er fürchtete die Macht des Zaubers und gab mir den Sieg. Verstehst du das?« Looserix nickt mit dem Kopf. »Ja, mein Lehrer, ich verstehe. Aber was wäre passiert, wenn er den Zauber akzeptiert hätte? Ihr sagt, Ihr könntet ihn nicht aussprechen, was wäre dann geschehen?«

»Das ist eine kluge Frage, mein Schüler. Ich hätte meine Unfähigkeit offenbaren müssen und hätte das Duell verloren.« Sein Gegenüber denkt einen Moment nach. »Der Einsatz war hoch, Meister Bluyff, er scheint mir zu hoch. Die Gefahr, dass er sich darauf einlässt war doch genau so groß, wie dass er aufgibt.«

»Nein, das ist so nicht richtig. Die Gefahr war viel geringer. Aber das hat nichts mit Magie zu tun, sondern mit der Einschätzung. Wenn du weißt, was andere denken, dann kannst du niemals verlieren. Es ist gleich, welche Zauberkräfte du hast oder wie stark du bist. Wenn dein Herausforderer dir deine Macht glaubt, dann kannst du nicht verlieren. Ich zeige dir an einem Spiel, was ich meine. Danach wirst du lernen, wie dieses Einschätzen funktioniert, und du wirst ein großer Druiden werden. Aber zuvor hole einen neuen Stuhl. Ich wüsste zu gern, warum die deinen immer und immer wieder zerbrechen. Geht es dir gut?«

*

»Schau, Looserix. Das sind zwanzig Plättchen. Es sind jeweils fünf Plättchen in vier verschiedenen Farben, aufsteigend von I bis V. Ich werde die Plättchen gleich umdrehen und durcheinander bringen. Dann nehmen wir uns jeder zwei Plättchen und schauen sie uns an, aber ohne sie dem anderen zu verraten. Dazu drehen wir drei weitere um, die uns beiden gehören. Wir haben also beide fünf Plättchen, davon gehören drei nicht nur einem selbst, sondern auch dem anderen. Hast du das verstanden?« Sein Schüler versteht.

»Gut. Ein Spieler gewinnt, wenn er die besseren Plättchen hat. Eine V ist besser als eine IV, die wiederum besser ist als eine III. Aber ein Paar von II ist wiederum besser als eine einsame V. Zwei Paare sind wiederum besser als ein Paar, selbst wenn dieses größer wäre. Dreimal der gleiche Wert ist besser als zwei Paare. Das Beste wären fünf von einer Farbe. Das wird aber nicht oft vorkommen. Weißt du nun, wie wir den Sieger einzelner Spiele erkennen?« Abermals bestätigt Looserix sein Verständnis.

»Sehr gut, Junge. Kommen wir nun zum wichtigsten Teil. Wir haben jeder 30 kleine Kiesel. Die dienen uns als Einsatz. Wer zuerst die 30 Kiesel des anderen gewonnen hat, ist der Sieger. Hierzu legen wir vor jeder neuen Runde jeweils einen Kiesel in die Mitte des Tisches, die der Gewinner der Runde nachher an sich nimmt. Wenn einer möchte, kann er weitere Kiesel in die Mitte setzen. Der andere Spieler darf dann wählen, ob er diese auch in die Mitte schiebt, oder ob er die Runde beendet und seine Niederlage eingesteht. Wenn man nur ein Paar I hat, dann lohnt es wohl kaum weitere Kiesel zu schieben. Ist das soweit verständlich?« Optimistisch nickt Looserix, allerdings nicht ganz so selbstsicher wie zuvor.

»Na gut, mein gelehriger Schüler. Beginnen wir mit der Lektion.«

Mit schneller Hand dreht der Druide die Plättchen um und mischt sie durcheinander. Danach schiebt jeder einen Kiesel in die Mitte und zieht je zwei Plättchen, beide schauen sie sich an. »Nun siehst du deine Plättchen und erahnst, ob daraus etwas sehr Gutes werden kann. Du könntest schon jetzt Kiesel in die Mitte schieben. Ich werde es allerdings nicht.« Auch Looserix verzichtet darauf. Bluyff nimmt aus den Plättchen drei hervor und dreht sie um. Zu sehen sind eine V, eine III und eine II. »Mir will der eine Kiesel genügen, den ich geschoben habe. Möchtest du Kiesel schieben?« Sichtlich aufgeregt schiebt Looserix fünf Kiesel in die Mitte. »Schau, mein Schüler, Du hast dich verraten. Hättest du einen Kiesel geschoben, hätte ich angenommen, dass du etwas, aber nichts sehr Gutes in den Händen hältst, dann hätte ich den einen Kiesel auch geschoben. Aber du hast deren fünf geschoben, also würde ich sicher mit IV und III verlieren. Ich gestehe die Niederlage ein.« Enttäuscht präsentiert der Junge seine Plättchen, V und III, ein sehr guter Start. Aber viele Kiesel gewann er dadurch nicht.

Im nächsten Spiel verzichtet Looserix auf das Schieben der Kiesel, aber der Druide schiebt seinerseits fünf Kiesel in die Mitte. »Ihr vertraut meinen Spielkünsten nicht, mein Lehrer. Nun sehe ich, dass Ihr sehr gute Plättchen in den Händen haltet. Ich erkenne Euren Sieg an und schiebe keine fünf Kiesel.« Aufgedeckt sind die Kiesel II, II und III, der junge Schüler hält die Kiesel III und IV in den Händen. Bluyff zeigt seine Plättchen, eine I und eine IV. »Du irrst, mein Schüler, und bist meiner Täuschung erlegen. Deine Plättchen waren erneut die besseren als die meinen, aber ich habe dich glauben machen, dass meine Plättchen gewinnen würde, und so habe ich deinen Kiesel gewonnen, obwohl du gewonnen hättest. Das ist die Kunst des Täuschens, doch spielen wir weiter.« Looserix ist beeindruckt und darauf bedacht, auf die Täuschung nicht erneut hereinzufallen.

Im nächsten Spiel schiebt der Druide abermals fünf Kiesel in die Mitte und gewinnt mit dreimal V. »Hätte ich zwei oder drei Kiesel geschoben, wärest du dem gefolgt oder auch nicht. Aber bei fünf Kieseln konntest du nicht widerstehen, weil du annahmst, dass ich erneut täusche. Ich wusste das, deswegen konnte ich deine Kiesel für mich gewinnen. Zwei der drei Runden waren deine Plättchen besser, doch ich gewann bisher sechs deiner Kiesel. Du siehst, bei diesem Spiel geht es nicht nur darum, Glück mit den Plättchen zu haben, sondern zu wissen, wie der gegnerische Spieler denkt. Beobachten und begreifen. Wenn du weißt, was andere Menschen denken, dann wirst du gewinnen. Nicht nur bei diesem Spiel ist es so, auch im restlichen Leben geht dieser Plan auf, mein Schüler. Nun begreifst du vielleicht, wieso meine Täuschung mit dem Vierteilungszauber erfolgreich war. Mein Herausforderer wusste nicht, ob ich diesen mächtigen Zauber auf den Plättchen hatte. Ich hingegen wusste, dass er die besseren Plättchen in den Händen hielt, aber ich wusste zudem, dass er noch stärkere Plättchen fürchtet. Deshalb gab er den Kampf auf. Damit endet die Lektion, aber nicht das Spiel. Lass uns das Spiel zu Ende spielen, es beginnt mich zu erheitern.«

Das Spiel dauert noch einige Zeit. Nach und nach nimmt der Druide seinem Schüler die Kiesel ab, doch dieser wird immer besser im Durchschauen seines Lehrers und gewinnt einige zurück. Dennoch fehlt es ein wenig zum Meister, so dass Bluyff nun 54 Kiesel besitzt. Aufgedeckt sind drei rote Plättchen, die II, die IV und die V. Looserix schiebt einen Kiesel in die Mitte, doch das ist Bluyff zu wenig und er schiebt neben dem einen noch vier weitere dazu. Würde Looserix diesem Gebot folgen und verlieren, wäre das gesamte Spiel vorbei. Gerade beabsichtigt er, seine Plättchen als Zeichen der Niederlage aus der Hand zu legen. »Nun, mein gelehriger Schüler, schiebst du die vier Kiesel, so wird das Spiel vorbei sein.« Erneut denkt Looserix nach und kommt zu der Überlegung, dass die Aussage nur eine Täuschung sein kann. Wenn die Plättchen so überragend sind, würde er sich gewiss nicht verraten. Der Schüler schiebt seine letzten Kiesel in die Mitte und zeigt seine Plättchen, eine V und eine II, er hält zwei Paare.

»Du hast etliche meiner Täuschungen aufdecken können, darauf solltest du stolz sein. Diese Täuschung allerdings, mein gelehriger Schüler, kam einer doppelten Täuschung gleich. Mit meinen Worten ließ ich dich glauben, dass ich gute Plättchen vortäusche. Doch der Wahrheit näher ist, dass ich sie wirklich habe. Schau.« Bluyff zeigt die beiden Plättchen vor, es sind die fehlenden zwei roten Plättchen, die stärkste aller Kombinationen. Der Druide gewinnt das Spiel.

*

Angeregt diskutieren die beiden über das Spiel, die Fehler und die Tricks, und ob sie eine weitere Runde versuchen möchten. In diesem Augenblick vernehmen die beiden lautes Wutgeschrei von draußen und gehen hinaus, um die Ursache festzustellen. Sie erblicken drei Jungen, die gerade vom Barden zurecht gewiesen werden.
»Was geht hier vor?« Der Barde wendet sich sofort an den Druiden. »Seht meine Schreibtafel, ehrwürdiger Druide. Einer dieser Knaben brach sie entzwei. Doch zugeben will er es nicht, nun bestrafe ich alle drei. Den einen für seine Tat, die anderen als Warnung.« Die Strafe ist in Stockhieben angedacht, doch das missfällt dem Druiden.
»Dir geschah Unrecht, doch das wird durch weiteres Unrecht nicht bereinigt. Lass uns den wahren Täter finden, und er erhält die gerechte Strafe.« Der Barde glaubt nicht,

dass es dem Druiden gelingt, allerdings wagt er auch nicht, dem weisesten Mann des Stammes zu widersprechen. Bluyff winkt seinen getreuen Schüler herbei.

»Nun kannst du dein neues Wissen einsetzen, Looserix. Zeige uns den Jungen, der die Schreibtafel zerbrach.« Nun wendet er sich an die Jungs und befiehlt ihnen, die Hände nach vorne zu halten. Seinem Schüler fällt die Aufgabe zu, den richtigen mit einem leichten Stockhieb auf die Hände für die Lüge zu bestrafen.

Zuerst befragt er die Kinder, ob sie es gewesen seien. Die ersten beiden bestreitet es heftig und sind sehr aufgeregt, nur der dritte Junge sagt ruhig, dass er es nicht sei, den Looserix suche. Einen Moment zögert Looserix, dann holt er aus und trifft mit dem Stock die Hände des dritten Jungen, der nach einem Aufschrei sofort seine Tat gesteht.

»Der Schlag, Junge, war für deine Lüge einem ehrenwerten Mann des Dorfes gegenüber. Die Strafe für deine Tat wird der Barde noch auswählen, und nun gehe und kühle deine Hände.« Looserix ist zufrieden, der Barde und Bluyff ebenso.

Wieder in der Hütte angelangt, spricht der

Druide seinen Schüler an. »Du hast den richtigen Jungen ausgewählt, Looserix, ich bin stolz auf deine Leistung. Doch sag', wie hast du es gewusst? War es das, was er sagte? Wirkte er zu angespannt, weil er eine Lüge verschleiern wollte, anstatt aufgeregt zu sein wie die ehrlichen Jungen?« Looserix humpelt zu seinem Platz und denkt einen Moment nach.

»Ich habe auf diese Dinge geachtet, mein Lehrer, auch zog ich die rechten Schlüsse. Doch ich war mir nicht zur Gänze sicher, daher hätte ich von der Strafe abgelassen, um kein Unrecht mit Unrecht abzugelten.« Bedächtig lächelt der Druide.

»Das war eine weise Überlegung. Doch du hast ihn bestraft, also wusstest du mehr als das Gesagte.« Looserix nickt und lächelt dabei.

»Ja, auf der Schreibtafel muss Tinte gewesen sein, die nun auf der Sandale des Jungen war. Es war also weniger das Erkennen des Täuschens als die Dummheit des Jungen, die mich die richtige Wahl treffen ließ.«

Beide beginnen zu lachen.

»Aus dir wird noch ein richtiger Privatdetektiv, Looserix.«

»Ihr habt es schon wieder getan, Lehrer, ein weiteres sonderbares Wort.« Das ist Bluyff sichtlich peinlich.

»Beachte es nicht weiter, mein Sohn. Doch sprich, warum hältst du dir dein Bein unentwegt?«

»Als ich den Jungen schlug, so schlug ich weiter und traf mich selbst am Bein.« Das überrascht den Druiden nicht sehr, und ändert auch nichts an der Zufriedenheit der beiden. Ein lehrreicher Tag nähert sich dem Ende.

Die Zukunft der beiden ist vom Glück begleitet. Beide werden als große Druiden in die Geschichte eingehen und niemals eines ihrer Zauberduelle verlieren. Einzig ihr Geschick und ihre Beobachtung bewahren sie davor. Doch zitiert wird nur der Lehrer und sein Name findet Einzug in den gallischen Sprachgebrauch. Besonders häufig findet man seinen Namen in Aussagen wie dieser wieder:

»Ich glaube dir nicht, du hast doch nur gebluyfft.«

Tilly

Ein zwölfjähriges Mädchen, mit dunklen streng geflochtenen langen Haaren und einem sehr ernsten Gesicht, spielt Schach. Ihr gegenüber sitzt ein Mann, der vom Alter her leicht ihr Vater sein könnte. Zwischen den beiden befinden sich nur ein Tisch, das Schachspiel und eine Uhr.

Dieses Szenario konnten sich vor kurzem die Zuschauer nur als beschauliche Familienidylle am heimischen Tisch oder im Park vorstellen, doch tatsächlich spielen hier zwei Giganten dieses Spiels gegeneinander, vor einem Fernsehpublikum mit mehr als einer Milliarde Zuschauern.

»Er überlegt seit über zehn Minuten. Was wird das bedeuten, Frank?«

»Eine gute Frage, Jimmy. Stell sie doch jemanden, der sie beantworten kann. Würden wir Tilly nicht seit zwei Monaten begleiten, hätte uns doch nie jemand dieses Ereignis kommentieren lassen. Bis vor zwei Wochen kannte ich nicht einmal die Schachregeln.«

»Immerhin sind wir Tilly-Experten. Wollen wir des Spiels wegen andächtig schweigen oder etwas über Tilly plaudern?«

»Nun, unsere Zuschauer wissen doch bereits

alles. Vor zwei Monaten waren wir live dabei, wie sie Sudoku-Weltmeisterin wurde, eine Woche danach brach sie den Zauberwürfel-Weltrekord, zwei Tage später den Rekord im Schnellrechnen, dann folgte ein Sieg gegen den Snooker-Weltmeister und so weiter, und so fort. Die meisten Zuschauer warten doch nur darauf, dass sie heute den Schachweltmeister besiegt und vielleicht zeigt sie heute erstmals eine emotionale Reaktion. Moment, Jimmy, da geschieht etwas.«

Heute kann Tilly keinen Weltmeistertitel gewinnen. Der Weltverband hat keine Freigabe des Titels gestattet, so ist dieses Aufeinandertreffen nichts weiter als ein Freundschaftsspiel. Wobei von Freundschaft kaum eine Rede sein kann. Tilly ist kein sympathisches Mädchen von nebenan, sondern sehr provokativ und unfreundlich. Vor dem Spiel nannte sie den amtierenden Schachweltmeister einen langweiligen alten Mann, der törichterweise zum Duell antritt, obwohl er wissen müsste, dass er verliert. Beim Publikum kann sie damit nicht punkten. Dafür steigt weltweit die Erwartung, dass sie irgendwann in ihre Schranken gewiesen wird. Es ist völlig undenkbar, so sind sich die Beobachter einig, dass diese Serie noch lange anhält. Auch die Zuschauer sehnen den Augenblick herbei, an dem sie endlich eine Niederlage einstecken muss. Doch auch wenn viele hofften, dass dieser Tag heute ist, so hoffen sie vergebens. Der Weltmeister legt seinen König um und gratuliert dem kleinen Mädchen zum Sieg.

»Tja, Frank, es ist unglaublich. Sie hat gewonnen. Sie hat den Schachweltmeister besiegt. Sogar mit den weißen Figuren.«
»Sie hat die schwarzen Figuren gespielt, Jimmy.«
»Ist das gut?«
»Für ihn ist das nicht gut, nein. Mit Weiß verliert man eigentlich eher selten.«
»Egal, solange Tilly gewinnt, haben wir einen sicheren Job. Schau, ohne sich zu verabschieden verschwindet sie, wie immer. Was für ein Mädchen.«
»Ein unsympathisches kleines Ding, ja. Aber nun muss ich dich allein lassen und mich auf das Interview vorbereiten. Bis gleich, Jimmy.«

Jimmy und Frank sind Moderatoren eines kleinen Privatsenders und waren damals zufällig bei ihrem ersten Erfolg vor Ort. Tillys Mutter, Sylviane, gab ihr erstes Interview den beiden und besteht seitdem darauf, dass Tilly nur von den beiden interviewt und kommentiert wird. Die fachliche Kompetenz wird nicht der Grund hierfür gewesen sein. Experten haben zwei Theorien. Entweder will Tilly keine zu große Kompetenz um sich herum, damit sie die Kontrolle behält, oder Sylviane mag die beiden. Im Vergleich zu ihrer Tochter ist Sylviane ein sehr herzlicher Mensch.

»Hallo, Sylviane, Glückwunsch an Tilly, ein großartiges Spiel.« Der Kontakt zwischen Frank und Tillys Mutter ist im Laufe der Zeit vertraulich geworden. »Schön dich zu sehen, Frank. Danke, Tilly freut sich sehr, gegen den Weltmeister gespielt haben zu dürfen.« »Die Freude hat sie aber doch einigermaßen gut verstecken können.« Sylviane verdreht lächelnd etwas die Augen. »Ach, Frank, Du weißt inzwischen, wie sie ist. Vor der Kamera kommt sie nicht aus sich heraus. Aber sei mir bitte nicht böse, ich muss jetzt zu ihr.«

Natürlich ist ihr Frank nicht böse. »Kein Problem, Sylviane. Sende Tilly unsere Grüße und Glückwünsche aus. Eines vielleicht noch, wann ist die Bekanntgabe ihrer nächsten Herausforderung?« Um die beiden haben sich nunmehr zahlreiche Fotografen positioniert und Sylviane bahnt sich den Weg durch die Menge. Bevor sie hinter den Presseleuten verschwindet, ruft sie Frank noch etwas zu. »Schon morgen, Frank. Wir freuen uns auf euch.« Sie winkt noch kurz und ist verschwunden.

*

Tilly und ihre Mutter fahren mit dem Taxi zum Hotel. Mit der rechten Hand hält das kleine Mädchen ihren Teddybären fest, während die linke Hand von der freundlichen zierlichen Sylviane gehalten wird. Mit starrem Blick betrachtet Tilly ihren Teddy, Sylviane wendet sich lächelnd an ihre Tochter.

»Ich bin stolz auf dich, mein Liebling.« Ihre Tochter wendet den Blick von ihren Stofftier nicht ab. »Darauf muss man nicht stolz sein. Er war kein Gegner für mich.« Liebevoll streicht Sylviane über die Hand ihrer Tochter. »Das sehen andere nicht so, immerhin ist der Mann Weltmeister.« Noch immer bleibt Tillys Blick steif. »Die anderen haben auch keine Ahnung.« Diese Selbstsicherheit beunruhigt Sylviane, aber sie lächelt weiter und lässt sich nichts anmerken.

»Wie auch immer, Schatz, Frank lässt dich grüßen. Er ist nett, oder?« Natürlich ist er nett, aber Tilly ist es nicht. »Frank und Jimmy sind beide Dummköpfe. Ich weiß nicht, warum du den beiden erlaubst, mir hinterher zu laufen.« Ein Genie wie Tilly könnte sich den Grund denken. »Nun, ich finde Frank sehr nett. Weißt du, seit dein Vater vor sechs Jahren starb, ...« Erstmals blickt Tilly zu ihrer Mutter. »Nein, Mutter, ich will keinen Dummkopf als Vaterersatz. Ich brauche keinen Vater.«

Als Tillys Vater starb, war sie noch kein Wunderkind. Tatsächlich war sie vor drei Monaten auch noch keines. Aber die Tatsache, dass sie als Halbwaise aufwuchs, ist sicherlich ein Mitgrund für ihr zurückgezogenes Wesen. »Ich weiß, mein Schatz. Doch nun sollten wir damit aufhören, damit du dich nicht aufregst. Morgen wird ein anstrengender Tag.« Sie schaut wieder zu ihrem Teddy. »Nichts ist anstrengend. Wir sagen, wen ich als nächstes besiege, und fertig. Am Ende gewinne ich sowieso.« Mit pädagogischer Präzision findet Sylviane die rechten Worte, um ihre Tochter zu erreichen. »Nun, irgendwann wird die Serie reißen, meine starke Tochter. Aber auch das ist nicht schlimm.«
Erneut blickt Tilly auf. »Die Serie wird niemals reißen, Mutter. Niemand kann mich besiegen.« Sylviane nimmt das Mädchen in den Arm. »Dann wird eben keiner mit dir spielen wollen. Wer will schon immer verlieren? Aber das ist auch ganz gut so. Auch wenn du mir nicht glaubst, diese Reisen und Veranstaltungen sind nicht gut für dich,

Du brauchst eine Pause.« Erfolglos versucht sich Tilly aus den Armen zu befreien. »Mutter!« Sie gibt ihre Versuche auf und sinkt zurück in die Arme ihrer Mutter. Natürlich bestärken die zahlreichen Erfolge Tilly darin, niemals zu verlieren, zumal sie noch ein Geheimnis hütet, dass niemand kennt. Dennoch wäre sie gern wieder das Mädchen von damals. Sie ist zumindest in diesem Punkt nicht ganz sicher, was besser wäre. Beim Spiel ist es einfach das Richtige zu tun.

»Glaubst du wirklich, dass ich irgendwann einmal verliere, Mutter?« Sylviane nickt leicht. »Ja, Schatz, irgendwann wirst du ein Spiel verlieren. Aber du wirst auf immer ein Gewinner bleiben, wenn du richtig verlierst.« Tilly kann nicht anders, als auf alle Menschen herab zu blicken, doch ihre Mutter ist die einzige, der Tilly vertraut. Die beiden schweigen den Rest der Fahrt lächelnd.

*

»Das ist eine schöne gläserne Kabine in einem schönen Presseraum in einem ebenso schönen Hotel, und wir sitzen in der einzigen Kabine, während die Journalisten auf harten Stühlen unter uns Platz nehmen müssen. Sind wir Stars oder nicht, Jimmy?«
»Zumindest können wir von hier oben keine

dummen Fragen stellen, Frank.«

»Ein starker Einwand.«

»Ich hoffe nur, dass sie sich etwas aussucht, von dem ich etwas verstehe. Schach war nicht gerade meine Stärke.«

»Bisher war noch gar nichts deine Stärke, Jimmy.«

»Das ist es eben, Frank.«

»Wo liegen deine Stärken, Jimmy?«

»Baseball.«

»Baseball?«

»Ja, Baseball.«

»Ich würde nicht darauf wetten, dass sie Baseball auswählt.«

»Leider sehe ich das genauso, Frank.«

»Sieh nur, da kommen die beiden.«

Einige Dutzend Presseleute warten auf die Ankündigung. Am Konferenztisch sitzen zwei Männer in schwarzen Anzügen, die durch die Konferenz leiten. Nun sitzen sie nicht mehr, die beiden empfangen die Damen. Sylviane winkt den Anwesenden freundlich zu als sie bemerkt, dass Tilly zielstrebig auf das mittlere der fünf Mikrophone zusteuert. Schnell setzt sich Sylviane auf den nächstgelegenen Platz und ergreift das Wort, wissend, dass Tilly ihr nicht ins Wort fallen würde.

»Wir danken Ihnen vielmals für Ihr Erscheinen. Meiner Tochter geht es heute nicht so gut, daher möchte sie schnell zum Thema kommen. Danke sehr.« Gewohnt ärgerlich übernimmt das Mädchen das Wort.

»Ich weiß nicht, warum Ihr mir nicht einfach sagt, dass ich euch allen überlegen bin. Dann müsstet Ihr euch nicht weiterblamieren. Na meinetwegen. Hinten steht wieder einer, der es nicht lassen kann. Wahrscheinlich denkt er, ich künde ihn voller Stolz und Ehrfurcht an, dabei ist er nur ein weiteres Opfer.« Die Presseleute verzichten auf einen Applaus oder ähnliche Sympathiebekundungen, aber sie sind dennoch nicht unzufrieden mit Tillys Auftritt. Abermals richtet sich Sylviane an die Presse.

»Entschuldigen Sie meine Tochter. Wie gesagt, es geht ihr nicht sehr gut.« Noch bevor Tilly etwas Unangebrachtes dazwischenrufen kann, fährt ihre Mutter fort. »Tatsächlich sind wir sehr stolz Ihnen mitteilen zu dürfen, dass ein großer Mann seines Spiels die Herausforderung annimmt. Er gewann das größte Turnier seiner Art die letzten beiden Male und gilt als bester Spieler aller Zeiten. Voller Freude darf ich ihn hineinbitten. Meine Damen und Herren, Doktor Moses Magnusson.« Ein Raunen geht durch die Zuhörer. Magnusson ist ein Pokerspieler, aber nicht einfach ein guter Spieler, sondern zweifelsfrei ein Meister seines Fachs. Niemand kann sich damit rühmen, gegen ihn eine positive Bilanz zu haben, und niemandem gelang es je in so kurzer Zeit so viele Turniere zu gewinnen. Die Superlative für ihn sind vielfältig, doch sein häufigster Spitzname ist ‚Kartenmagier‘.

Ein großer Mann betritt den Raum. Mit einer Größe von beinahe zwei Metern und einer ebenso beachtlichen Breite wirkt Magnusson eher wie ein Wrestler denn wie ein Pokerspieler. Er ist nicht dick, doch sein Hobby, das Bodybuilding, kann er schwer verleugnen. Betont lässig trägt er sein optisches Markenzeichen, einen weißen Anzug mit weißem Hemd, dazu einen weißen Hut und eine weiße Sonnenbrille. Auf mehrtägigen Turnieren pflegt er dieses Set mehrfach mitzunehmen, für jeden Tag eines und ein weiteres als Reserve. Sein Erscheinen muss perfekt sein, dass beginnt bei der Bügelfalte und endet bei einer tadellosen Rasur. Das gesamte Erscheinungsbild ist von ihm bewusst gewählt. Er wirkt damit schon optisch nahezu perfekt, zumal er in der Lage ist, über Wochen hinweg sein Gesicht nicht ein einziges Mal zu verändern. Er ist, so auch sein zweithäufigster Spitzname, eine wahre ‚Pokermaschine‘. Nun begrüßt er die Anwesenden wortlos mit Handschlag, auch

Tilly bleibt in ihren Möglichkeiten höflich, wirkt aber sehr abweisend und geradezu gelangweilt. Nun nimmt Magnusson Platz und ergreift sofort das Wort.

»Ich bin beeindruckt von der Kleinen. Sie hat einige kleine Welten ins Wanken gebracht. Das verdient Respekt.« Während seiner Kunstpause schaut sich Tilly im Raum umher, als ob sie bei den Worten keine Rolle spielen würde.

»Aber sie selbst kennt keinen Respekt, daher werde ich ihn ihr beibringen. Ihre Siegesserie endet mit dem morgigen Tage. Das garantiere ich.« Sofort steht er auf und verlässt unter Beifall den Raum. Tillys wütende Sätze, die sie ihm hinterher wirft, hört keiner.

»Was sagst du dazu, Jimmy?«

»In so etwas wie diesen Magnusson hänge ich meist Jacken und Mäntel. Wenn er seine Pokerkarriere an den Nagel hängt, könnte er eine Karriere als Brückenpfeiler anstreben.«

»Sehr geistreich, Jimmy. Wie steht es um deine Pokerkenntnisse?«

»Das Kartenspiel?«

»Danke Jimmy, das Publikum wird von dir begeistert sein.«

»Spielt man Poker nicht meist mit mehreren?«

»Meistens schon, aber dieses Mal wird es sicher nur ein Heads Up.«

131

»Poker ist ein Glückspiel. Ich weiß nicht, ob sich Tilly einen Gefallen damit macht. Dieser Typ im Kleinwagenformat könnte doch Glück haben.«

»Sehr gut, Jimmy. Bisher wollten dich die Pokerfans nur ignorieren, ab jetzt hassen sie dich. Poker hat weniger mit Glück zu tun, als du denkst.«

»Ist das wahr?«

»Wir werden Magnusson fragen, ob er früher Baseball spielte. Dann kommst du ganz groß heraus.«

»Das ist eine gute Idee, Frank. Aber sag mal, kennst du dich mit Poker aus?«

»Ja, Jimmy. Ich habe schon etliche Gehälter in Vegas gelassen. Aber dennoch weiß ich immerhin, was die beiden machen werden und ich muss keine Vokabeln üben. Das sieht ganz gut für uns aus.«

»Nicht so wie beim Schach?«

»Du sagst es.«

*

Sylviane und Frank haben sich zufällig auf der Hoteltreppe getroffen. Galant begleitet er sie zu ihrem Zimmer, in dem Tilly bereits verweilt. »Deine Art ist bewundernswert, Sylvie. Ich meine, die Sache mit Tilly muss ein ungeheurer Stress sein.« Während die beiden sehr langsam die letzten Stufen gehen, lächelt Sylviane sanft. »Meine Tilly hat sich verändert, ja. Aber es wird wieder alles gut, daran glaube ich.« Lächelnd nickt Frank zustimmend zu.

Auf ihrem Hotelbett sitzt Tilly mit ihrem Teddy in ihren Händen. »Menschen sind Idioten, weißt du das? Alle, absolut alle. Der Pokerklops glaubt, er könnte mich besiegen. Mich! Kannst du dir das vorstellen? Ich werde ihn besiegen. Ich werde alle besiegen.« Sie starrt auf den Teddy, nahezu bewegungslos.

»Ich wünschte, ich könnte dir helfen, Sylvie. Ich mag deine Tochter, aber sie mich leider nicht.« Auf der letzten Stufe zu ihrer Etage hält Sylviane kurz inne und schaut Frank tief in die Augen. »Du hilfst mir bereits, Frank. Du hilfst uns.« Sanft nimmt sie seine Hand und geht mit ihm in den Flur.

»Wen soll ich danach besiegen, Teddy?« Sie starrt weiterhin auf ihren Teddy. Doch die Knopfaugen beginnen leicht zu glänzen, die Stoffzunge scheint sich leicht zu bewegen, und das braune Fell am Kopf beginnt ein wenig zu wachsen. Der Mund des Bären öffnet sich, seine Haare färben sich rot. Das Gesicht des Teddybären lebt. »Tilly!«

Die beiden sind vor Sylvianes Tür angelangt und stehen sich gegenüber. »Ich wünsche euch viel Glück, Sylvie.« Beide schauen einander an, lächelnd, abwartend. »Glück wäre schön, Frank. Ist Glück und Sieg eins?« Er streicht sich nachdenklich durch seine kurzen Haare. »Ich weiß es nicht. Deshalb wünsche ich lieber Glück.« Leise lacht er bei den Worten. Danach schweigen sie und betrachten sich. Sehr langsam nähert sich Sylviane Frank und legt ihre Arme um seine Schultern.

»Du kennst die Abmachung, Tilly. Besiege den Pokerchampion und deine geistige Stärke bleibt dir auf ewig. Ansonsten nehme ich sie dir wieder weg.« Tilly schüttelt mit dem Kopf. »Das weiß ich, Teddy, aber wie geht es danach weiter?« »Es ist mir egal. Nach dem Spiel werde ich verschwinden, der Rest ist deine Sache.«

*

»Sag Hallo zu unseren Zuschauern, Jimmy.«
»Hallo!«
»Ich sage auch Hallo. Herzlich Willkommen zu einer weiteren Etappe auf Tillys Siegeszug, oder ist es doch die letzte Etappe?«

»Niemals, Frank. Ich muss noch einige Raten für meinen Sportwagen bezahlen. Tilly hält mindestens noch drei Monate durch.«

»Natürlich Jimmy. deine Logik steht über allem. Bist du für heute vorbereitet?«

»Absolut nicht, Frank.«

»Fabelhaft. Dann kann es jetzt losgehen. Schau, sie kommen.«

»Meine Güte, wie er ausschaut.«

»Wie bei der Pressekonferenz, Jimmy. Außerdem ist dies keine Radiosendung, die Zuschauer sehen ihn auch.«

»Ist gut, Frank. Erzähl lieber, was geschieht.«

»Sehr gern. Scheinbar halten sich die beiden nicht lange auf. Der Dealer beginnt zu mischen, die beiden sitzen mit ihren jeweils 1.000 Chips einander gegenüber, die Blinds starten bei 10 und 20.«

»Du bist ein Streber, Frank.«

»Danke, Jimmy. Möchtest du noch etwas sagen?«

»Ich liebe Baseball.«

»Ausgezeichnet. Damit schalten wir zu den Tischmikrofonen und betrachten das Spiel aus der Nähe.«

Im ersten Spiel erhöht Tilly und der Champion hält. Nach dem Flop checkt er, sie bietet 60. Er bleibt zwanzig Sekunden regungslos und schiebt 200 in die Tischmitte. »Ein Checkraise, wie plump. Wenn das die Spitze deiner Möglichkeiten ist, sind wir schnell durch.« Genervt wirft sie die Karten weg.

Die Chips wandern hin und her. Im fünften Spiel liegen nach dem Flop 160 in der Tischmitte, weitere 80 folgen vom Champion. »Oh nein, was soll das denn werden, Großer? Lächerlicher bluffen geht nicht? Ist dir das auch 500 wert?« Noch bevor sie die Chips in die Mitte bringt, wirft er seine Karten weg. »Behandle mich nicht wie ein Kind, das ist peinlich. Ich spiele besser als jeder andere. Sieh mich als den wahren Champion und gib dir Mühe. Das ist das langweiligste Spiel, das ich je spielte. Du willst ein Champion sein?«

Sie hat es geschafft, der große Magier ist verunsichert. Doch er besinnt sich seiner Qualitäten. Er behandelt sie nicht mehr wie ein Kind, er taxiert nicht, er spielt sein bestes Poker aller Zeiten. Doch welchen Trick er auch anwendet, sie scheint ihn zu wissen. Bluff und Gegenbluff nach oben wie nach unten, sie weiß es einfach. Er hat zweimal Glück mit der vierten Karte, nur deshalb darf er sich nun über einen winzigen Vorsprung freuen. 1.100 liegen auf seiner Seite, doch die Blinds liegen nunmehr bei 50 und 100. Ewig wird ihm das Glück nicht zur Seite stehen. Er ist davon überzeugt, dass er verlieren wird.

Er bringt die 100, Tilly hält und Doktor Moses Magnusson checkt. In der Mitte tauchen zwei Asse und eine 8 auf. Der große Champion checkt erneut. Tilly hält eine 8 und einen König. Sie hat die beiden Pärchen mit der höchstmöglichen Beikarte. Um kein Risiko einzugehen, will sie den Einsatz einstreichen und schiebt 250 in die Mitte.

Magnusson atmet sichtlich, darauf hat er bisher verzichtet. Auch Tilly bleibt undurchschaubar, und Magnusson weiß in der Tat nicht, was Tilly haben könnte. Natürlich könnte sie ein As langsam vor dem Flop gespielt haben, oder ein großes Pärchen, doch es scheint ihm egal. Er steht auf, setzt provokativ seine Sonnenbrille ab und legt sie auf den Tisch. Nun blickt er zum Publikum und winkt lächelnd in die Menge. Niemals zuvor zeigte er ein solches Schauspiel. Nun setzt er sich wieder hin, nimmt seine Hut ab und legt ihn neben die Sonnenbrille. Eine weitere Neuerung seiner Strategie taucht auf, er lächelt. »All In!«

Tilly klatscht gegen ihre Stirn. »Oh, Großer, was soll das denn? Die letzten Spiele waren doch schön, oder nicht? Natürlich verlierst du so oder so, aber muss das jetzt sein? Die Show war ja nett, mich nett zu locken ist ein feiner

Plan, damit ich weiß, dass ich aussteigen muss. Das klappt vielleicht gegen die anderen, gegen die du spielst. Aber ich weiß, dass du absolut nichts auf der Hand hast. Hältst du wenigstens einen Buben? Dann könnte dich das Glück vielleicht wirklich retten. Bitte zeige jetzt bloß nicht 2 und 3, dass wäre lächerlich. Ich halte.« Siegessicher zeigt sie ihre Karte.

Mit ernster Miene schaut Magnusson zu ihr herüber. Nach kurzem Zögern dreht er seine Karten um. As und Acht offenbaren sich Tilly, und dem Milliardenpublikum. Ein Raunen geht durch den Saal und es kommt einem vor, als ob der gesamte Globus leicht vibriert. Ganz gleich, welche beiden Karten noch kommen, Tilly hat bereits verloren. Fassungslos schaut sie Magnusson an.

»Was ist passiert?«

»Ich habe dich wie ein Kind behandelt, dass hast du durchschaut. Dann habe ich dich wie einen Profi behandelt, doch du warst besser als ich. Also habe ich dich wieder wie ein Kind behandelt, und du bist blind in die Falle reinmarschiert. Das ist passiert.« Während er es sagt, schaut Tilly unbemerkt zu ihrem Teddy. Die schwarzen Knopfaugen brennen rot auf, dann erlischen sie. Der Teddy ist wieder ein Teddy, nichts weiter. Tilly hält ihre Hände vor ihr Gesicht.

»Sie ist völlig fertig, Jimmy. Ich muss da hin. Mach du alleine weiter.«

»Kein Problem, Frank. Wie steht es denn?«

Frank eilt durch den Saal. Niemand versperrt ihm den Weg, die Zuschauer sind noch mit Staunen beschäftigt. Nur zwei Fotografen gehen professionell zu Werke und werden sicherlich gutes Geld für ihre Fotos erhalten. Trotz der freien Bahn ist Frank zwei Schritt später als Sylviane bei Tilly. Besorgt streichelt Sylviane ihrer Tochter durch ihr Haar. »Es tut mir leid, dass du verloren hast, Kindchen.« Noch bevor sie ihren Trost beenden kann, nimmt Tilly die Hände von ihrem Gesicht. Die erwarteten Tränen bleiben jedoch aus, stattdessen offenbart sich ein erfrischendes ehrliches Lächeln. Sie steht auf und reicht dem Pokermagier ihre Hand. »Es war ein großartiges Spiel, Doktor Magnusson. Ich danke Ihnen dafür.« Sie dreht sich zu ihrer Mutter und drückt sie fest. »Ich habe nicht verloren, Mutter. Ich habe nicht verloren.«

Längst hat das Publikum ihre Lust am Applaus wiederentdeckt und alle Offiziellen nehmen ihre Tätigkeiten auf. Durch den entstehenden Lärm nimmt kaum jemand Notiz von Frank, der je eine Hand auf die Schultern der

beiden legt. »Geht es euch beiden gut?«
Sylviane lächelt glücklich und zeigt neben ihrem Lächeln einige Tränen. Tilly schaut Frank ernst an, dann zeigt sie ihm das gleiche Lächeln wie gerade eben, als sie ihre Hände vom Gesicht nahm.
»Hi, Frank!«

All In Good Time

Der alte Simmons sitzt auf dem Schaukelstuhl vor seinem Haus, raucht eine Pfeife und beobachtet seinen Gegenüber beim sonntäglichen Autowaschen. Vor dem Haus nebenan unterhalten sich drei Frauen aus dieser Straße. Eigentlich unterhalten sie sich weniger, vielmehr tratschen sie und beginnen die meisten Sätze mit »Ich will ja nichts gesagt haben, aber ...«. Zwei Kinder spielen unterdessen auf der breiten, ruhigen Straße Rollhockey und tragen das Tor artig weg, wenn ein Auto vorbeifährt. Vorstadtidylle.

Jeden Sonntag hilft Jake einem Wissenschaftler dabei, sein Labor ordentlich zu halten. Gerade kommt er von ihm und schlendert die Straße entlang. Jake ist neunzehn Jahre alt und ein intelligenter, nachdenklicher junger Mann mit schwarzen Haaren und komplett schwarzer Kleidung. Auch wenn er vielen sonderbar vorkommt, ist er keineswegs unbeliebt. Trotz seines introvertierten Wesens ist er stets freundlich. »Hey, Jake!« Auf einem Fahrrad fährt ihm sein bester Freund Ferdinand entgegen. Im Gegensatz zu Jake ist Ferdinand ein offener junger Mann, braungebrannt und muskulös mit blonden Haaren und strahlend blauen

Augen. Die Mädchenwelt attestiert ihm einhellig ein ‚unglaublich süß'.

»Warst du wieder bei dem verrückten Professor?« Direkt vor seinem Freund kommt er zum Stehen. Leicht nickt Jake, ohne den jungen Mann, den sie Ferd nennen, besonders zu beachten. Vielmehr schaut er sich ein kleines schwarzes Gerät an, das er in den Händen hält. »Was hast du da, ein neues Handy?« Blitzschnell greift sich Ferd das Gerät. »Golden Thread? Die Firma kenne ich nicht.« Begleitet von einem tiefen Einatmen ergreift Jake das Gerät. »Die stellen auch keine Handys her. Das ist das Firmenlogo vom Professor und das Gerät ist ein Prototyp. Es erzeugt exotische Materie.« Ferdinand nickt ahnungslos. »Kiwi, Bananen und so?«

Leicht entnervt schüttelt Jake mit dem Kopf. »Ja, Ferd, es erzeugt einen Obstsalat, einfach so.« Jakes Sarkasmus ist seinem Freund schon lange nicht mehr fremd, aber provozieren lässt er sich nicht. »Das ist cool. Sag deinem Professor, dass er so ein Gerät für Hot Dogs erfinden soll. Außerdem ist da ein roter Fussel auf dem Gerät.« Abermals belehrt ihn Jake. »Das ist kein Fussel, sondern das Firmenlogo. Weil du ohnehin nicht aufhörst zu fragen, erkläre ich Dir, was das für ein Gerät ist. Es erzeugt also exotische Materie durch eine Art Vibration. Dadurch entsteht ein kleines kontrollierbares Wurmloch, kaum größer als zwei Quadratmeter. Alles, was sich in diesem Radius befindet, bewegt sich durch das Wurmloch zu anderen Orten und anderen Zeiten. Die Tasten benötigt man, um Zielort und –zeit einzutragen.« Ferd bleibt sichtlich ungerührt.

»Was für ein Theater. Das Ding ist also eine Zeitmaschine. Sag das doch gleich. Lass sie uns ausprobieren.« Da er es sowieso plante, willigt Jake ein. Die beiden überlegen eine gute Teststrecke. Während Ferdinand Interesse an Dinosauriern zeigt, scheint Jake eine kurze Distanz sinnvoller. »Wir bleiben hier und gehen nur zehn Minuten zurück, kurz bevor wir uns hier trafen. Dann laufen wir auf die andere Straßenseite und verstecken uns hinter der alten Eiche. Dann wissen wir, ob sie funktioniert und müssen nicht den Zahnstocher eines T-Rex spielen.« Sein Freund willigt ein und Jake tippt die Daten in das Gerät. »Verdammt.«

»Was ist?«

»Das Ding hat eine Sicherheitsabfrage. Kennst du dich gut aus im Poker?« In der Tat kennt er sich aus und spielt seit einigen Jahren erfolgreich im Internet Poker. Auch der Professor ist ein Anhänger des Spiels und musste aus programmtechnischen Gründen Abfragen einbinden, er wählte fachspezifische Fragen.

»Pokerfrage 36: Was ist besser, ein Pärchen oder Drilling?« Die Frage erzeugt ein mildes Lächeln auf Ferdinands Lippen. »Du solltest weniger öde Bücher lesen und mehr Karten spielen. Ein Drilling. Warte.« Er lehnt sein Fahrrad an einen Gartenzaun und stellt sich mit verschränkten Armen neben Jake, der gerade die Lösung eintippt. Plötzlich scheint die Umgebung zu verschwimmen, als würden die beiden in einer Geleekugel stehen. Doch nur wenige Sekunden später ist alles wieder, wie bisher.

»Das war nicht sehr spannend. Sind wir jetzt in der Zeit gereist, Jake?« Wirklich sicher ist sich Jake nicht. »Lass uns schnell hinter die Eiche gehen, gleich wissen wir es.« Die beiden rennen über die Straße und stellen sich hinter den großen alten Baum. Ganz vorsichtig schauen sie auf die Stelle, an der sie gerade standen, und tatsächlich schlendert Jake gerade auf den Punkt zu. »Wow, Jake, da hinten bist du, dann komme ich bestimmt auch gleich. Soll ich mich einmal richtig erschrecken?« Jake greift den Arm seines Freundes. »Auf keinen Fall, dass könnte in einer Katastrophe enden.« »Interessant, einmal ich ist in Ordnung, zweimal ich eine Katastrophe. Du bist heute irrsinnig freundlich.«

Der zweite Ferdinand ist nunmehr beim zweiten Jake angekommen. Die beiden unterhalten sich eine kurze Weile, als der erste Jake etwas bemerkt. »Gleich schauen wir hier herüber, versteck dich schnell.« Tatsächlich weichen sie so den Blicken gekonnt aus.

Wenige Augenblicke später, sie haben ihre Deckung aufgegeben und beobachten weiter, verschwinden der zweite Jake und der zweite Ferdinand in einer Art Geleekugel. »Nicht übel, Jake, wir sind wieder verschwunden. Mein Fahrrad ist auch wieder da, alles wie es war. Wollen wir noch einmal zehn Minuten zurückreisen und uns auf dem Baum verstecken? Dann könnten wir beobachten, wie wir uns hinter dem Baum verstecken und uns beobachten, sozusagen.« Jake lächelt etwas. »Eigentlich eine gute Idee, aber auch reichlich verworren. Wir waren in einer zeitlichen Endlosschleife. Wenn wir sie weiter verfolgen, erhöhen wir das Risiko, entdeckt zu werden.« Ferdinand versucht sich in höherer Logik.

»Wenn wir in einer Endlosschleife waren, dann wurden wir gerade eben, als wir in dieser glibberigen Kugel reisten, doch auch von uns beobachtet. Wer hat diese Schleife dann begonnen, wenn es nicht wir waren?« Darauf weiß sein Freund auch keine rechte Antwort.

»So genau kann ich das nicht sagen. Wir

waren es wohl, aber ich weiß nicht genau,
wie, oder wann und wie oft. Die Zeit ist ein
merkwürdiges Ding. Aber lass uns lieber ein
spannenderes Ziel aussuchen. Hast du eine
Idee?«

*

»Ja, Jake, ich habe eine Idee. Schon immer
wollte ich wissen, wie die Jungs damals
Pyramiden bauten. Lass uns in die
Vergangenheit reisen und schauen, wie sie
die Dinger bauten.« Es dürfte schwierig sein,
das Datum exakt zu bestimmen, aber ein
Versuch ist zweifelsfrei machbar. »Du willst
beobachten, wie Sklaven ihr Leben verlieren,
um ein spitzes Riesenhaus zu bauen?«
»Ist das moralisch fragwürdig?«
»Nein, Ferd, es ist längst vorbei und somit kein
Problem. Es ist nur sonderbar.« Jake tippt die
Koordinaten, so gut es ihm möglich ist, in den
Apparat ein. »Pokerfrage 11: Full House mit
drei Zweien und zwei Assen, oder Full House
mit drei Achten und zwei Vieren. Was ist
stärker?« Milde lächelnd entscheidet sich
Ferdinand für die zweite Antwort, und kurz
danach befinden sie sich für wenige
Augenblicke in der Geleekugel.

»Ich will nicht an deinen Fähigkeiten zweifeln,

Jake, aber das ist mit achtbarer Wahrscheinlichkeit nicht Ägypten.« Die beiden schauen sich um und sehen Häuser, Autos, Straßen, und absolut keine Pyramiden. »Das stimmt, Alter, und warum fehlt hier die Farbe?« In der Tat ist alles um sie herum schwarz-weiß. »Der Apparat wird wohl etwas älter sein. Komm, da hinten ist eine Kneipe. Gönnen wir uns einen Schluck auf den Schreck.« Am Apparat wird es nicht liegen, aber den Vorschlag lehnt Jake dennoch nicht ab. Die beiden gehen über die Straße und betreten die Lokalität „Zur fröhlichen Flüsterkneipe". Sie marschieren direkt zum Tresen und sprechen den schwarz-weißen Barkeeper an. »Hey, Barmann, zwei Whisky.« Die Gäste, insgesamt deren drei, beenden ihr Gespräch und schauen zum Tresen herüber. Der Barmann legt sein Handtuch auf den Tresen und beugt sich zu den beiden vor. »Wie alt seid Ihr?« Ohne zu zögern lügen sie gleichzeitig. »21.« Es wirkt nicht so, als ob der Barkeeper der Angabe Glauben schenken würde. »Das ist eine Flüsterkneipe, Jungs, warum flüstert Ihr nicht?« Ferdinand nimmt die Angelegenheit nicht sehr ernst. »Wäre es eine Eckkneipe, würden wir uns trotzdem in die Mitte setzen, Chef. Bekommen wir nun etwas zu trinken?« Der Barkeeper macht weiterhin keine Anstalten, den

Kundenwünschen zu entsprechen.

»Werdet Ihr von den Bullen gesucht, oder seid Ihr selbst welche?« Jake schweigt weiterhin und gibt sich betont gelassen, obwohl ihn die Frage etwas überrascht. Sein Freund ist weniger wortkarg. »Hey, wir sind die Guten, das sieht man doch. Habt Ihr hier Gauner, Gangster, Betrüger? Wir bringen sie sofort hinter schwedische Gardinen.« Sichtlich stolz ob seiner spontanen Anpassung hofft er weiterhin auf einen Whisky. »Hör zu, Freund, wer als Fremder in einer Flüsterkneipe nicht flüstert und obendrein Bulle ist, der bekommt bei uns immer etwas.«

Die Kneipentür öffnet sich und zwei bekannte junge Männer fallen auf die Straße. »Lasst euch hier nie wieder blicken, sonst werden wir ungemütlich.« Jake und Ferdinand liegen auf der Straße und halten sich mit schmerzverzerrtem Gesicht den verlängerten Rücken. »Man, das tut weh. Aber er hat nicht gelogen, wir haben etwas bekommen. Einen Fußtritt habe ich aber nicht erwartet.« Nachdem der Schmerz nachlässt, beginnen die beiden leicht zu lachen. Sie beschließen, eine ruhige Ecke zu suchen, um sich dann wieder auf die Reise zu machen. Aus einer gewissen Entfernung, vermutlich hinter dem Häuserblock an der Kreuzung, hören sie einige merkwürdige Worte. »Ich bin der Faden, ich bin der Faden, ich bin der Faden, Muahahahaha!« Kurz danach kommt ein Mann im roten Anzug um die Ecke.

»Ferd, der hat einen roten Anzug.«

»Ja, Jake.«

»Hier ist alles schwarz-weiß, sogar wir sind schwarz-weiß.«

»Ja, Jake.«

»Er trägt einen roten Anzug.«

»Das ist wahr, Jake.«

»Außerdem kommt er auf uns zu.«

»Ist das gut?«

Die beiden bleiben wie angewurzelt stehen. Mit schnellem Schritt kommt der rote Faden auf die beiden. Er lächelt fröhlich und bleibt wenige Zentimeter vor Jake stehen, greift ihm zügig in die Hosentasche und nimmt den Apparat an sich, tippt einige Tasten und gibt es ihm zurück. Noch immer lächelt er freundlich. »Danke, Freunde, bis nachher.«

Dann geht er zügig weiter und verschwindet hinter der nächsten Ecke.

Sichtlich verblüfft schauen sich die beiden an. »Ich weiß auch nicht, was es bedeutet, Ferd. Aber wir sollten hier schleunigst verschwinden. Welches Ziel schlägst du vor?«

»Wenn das hier schon Ägypten ist, dann spielt es wohl keine Rolle, was wir eintippen. Versuchen wir es mit der Steinzeit.« Jake folgt dem Wunsch seines Freundes. »Pokerfrage 85: Bringe die Blätter entsprechend der Stärke in die richtige Reihenfolge, A: Full House, B: Straight, C: Flush. Das ist schwierig, oder nicht?« »Nein, Jake. Es ist schwierig, mit einem Ventilator Gurken zu schneiden. Das hier weiß man oder eben nicht. Die Antwort ist A, C, B. Bon Voyage!«

*

»Weißt Du, Ferdinand, es gibt diese Momente im Leben. Verstehst Du, was ich meine? Diese Momente, die einem so wichtig vorkommen. Manches Mal sind sie nicht sehr besonders, wie wenn man eine Flasche Milch kauft oder einen Film sieht. Aber auch dabei kann man diese Momente erleben. Aber gerade jetzt habe ich den Eindruck, es ist ein solcher Moment. Ich wünschte, es wäre eine Flasche Milch.« Händchenhaltend schweben die beiden durch die Weiten des Alls. »Ich wundere mich nicht, dass du verstehst, was ich sage, oder dass wir ohne Sauerstoff durch das All fliegen. Dafür wird es einen triftigen Grund geben. Eben dieser bereitet mir mehr Sorgen. Na ja, und die Tatsache, dass ich deine Hand halte.«
Dennoch lösen sie sich nicht voneinander. Jake bleibt nachdenklich, während

Ferdinand mehr und mehr Gefallen daran findet. »Wollen wir einen Looping versuchen?« Jake schaut ihn fragend an. »Okay!«

Sie kommen nicht dazu es auszuprobieren. »Schau mal da hinten, Jake, ein Raumschiff.« Die beiden sehen ein Raumschiff, das in beachtlicher Entfernung vorbeifliegt. »Etwas aus dem Raumschiff kommt auf uns zu. Ich denke, dass ist eine gute Nachricht. Entweder will es uns retten oder vernichten. Beides scheint erfreulicher als mit dir auf ewig durch das All zu schweben. Nichts für Ungut.«

Gespannt schauen die beiden auf den winzigen Punkt, der sich ihnen nähert. Er wird größer, doch nicht bedrohlich groß. Es ist ein Asteroid, bemerken die beiden. Aber er kommt nicht allein. »Das ist der rote Typ von vorhin, Ferd. Der greift mir gleich wieder in die Tasche. Ich mag das nicht.« Sanft sammelt der rote Faden die beiden ein, sie gleiten förmlich hinab auf den kleinen Asteroiden, der kaum mehr Platz bieten als eben für die drei. Zielstrebig greift der rote Faden Jake erneut in die Tasche und tippt, wie er es vorhin schon tat. Doch dieses Mal will Ferdinand die Chance nutzen.

»Verrätst du uns den tieferen Sinn der Aktion? Und wieso steht auf dem Schild „Der Rote

Faden"?«« Lächelnd schaut der Faden zu Ferdinand. »Beim nächsten Mal, mein Freund. Einverstanden?« Nun springt er vom Asteroiden und ist verschwunden. Die beiden bleiben zurück, und Jake hält den Apparat in der Hand.

»Wohin wollen wir?«

»Spielt das eine Rolle? Nimm die Spitze des Mount Everest. Vielleicht landen wir dann im Ozean.« Jake tippt das Ziel ein. »Frage 29: Nach dem Flop kommt der A: Turn, B: PreFlop, C: River. Na, der PreFlop kann es nicht sein, der kommt vorher. Ich tippe auf River.« »Ich tippe auf Turn und du tippst Turn, sonst bleiben wir hier auf ewig.«

*

Jake und Ferdinand gehen eine Straße entlang. Sie befinden sich in einer Stadt, daran besteht kein Zweifel, und sie ist sogar in Farbe. »Jake, ich glaube, da oben flog gerade ein Adler mit einem Eichhörnchen vorbei. Seltsam, oder?« Doch scheinbar ist dies Jake nicht seltsam genug. »Ich bewundere dein Talent, Details zu bemerken. Aber mir scheint der Riesenwolf da auf der Straße etwas beeindruckender.« Bishop und Thor, die gerade an Fenrir vorbeilaufen, nimmt Ferdinand nicht wahr, aber den Wolf selbst schon. Die beiden gehen auf das gewaltige Tier zu und bleiben staunend stehen.

»Ein großes Tier, Ferd.«

»Ein totes großes Tier.«

»Wenn hier alle Tiere so groß sind, möchte ich nicht von einer Mücke gestochen werden.«

»Wenn hier alle Tiere so groß sind, möchte ich ein halbes Hähnchen mit Pommes.«

Die beiden verweilen noch einige Minuten vor dem Fleischberg, als auf Ferdinands Schulter eine Hand landet, während eine andere in Jakes Hosentasche greift. »Mensch, Faden, lass das.« Der rote Faden schaut einmal mehr lächelnd. »Dann steck das Ding nicht jedes Mal wieder ein, Junge.« Ferdinand erinnert sich an die Aussage vom Faden. »Du wolltest uns etwas erzählen.«

Der rote Faden tippt zu Ende und beginnt dann freundlich zu erzählen.

»Ihr habt bemerkt, dass Ihr euch in sonderbaren Geschichten bewegt. Ich bin der rote Faden, der diese Geschichten zusammenhält. Das ist schon alles. Weil ich es aber nicht allein schaffe, helft Ihr mir dabei, und dieses Gerät ist quasi symbolisch dafür zuständig, dass alles passt. Es ist so eine Art Gesetz des Universums. Ohne diesen Trick würden die Geschichten nicht existieren, und das wäre doch traurig. Also, bis gleich.«

»Halt, ich habe noch eine Frage ...« Nur einen winzigen Augenblick später ist der Faden verschwunden und abermals bedienen die beiden den Apparat, lösen die Aufgabe und setzen ihre Reise fort.

*

Der rote Faden lacht laut auf, weil ihm ein Zwerg etwas Abfälliges über den Zwergenkönig erzählt hat. Jake schaut sich um und sieht sich an einem Steintisch sitzen, in einer Arena, in einem Wald, umgeben von 500 Spielern in Gestalt von Zwergen, einem Kaktus, dem neben ihm sitzenden Ferdinand und dem gegenüber sitzenden Faden. Der Zwergenkönig betritt die Arena, doch Jake sieht ihn nicht, weil er ihm den Rücken zuwendet.

»Mit Schadenfreude darf ich feststellen, dass etliche Narren dem Aufruf folgten, um hier 10 Goldtaler und jede Menge Gelächter zu hinterlassen. Ich bewundere Euren Mut dennoch nicht, dafür akzeptiere ich die Ignoranz und die Dummheit, die eure treuen Reisebegleiter waren. Ebenso begrüße ich meine Untertanen. Sollte noch einer von euch der Idee verfallen, die Kasse zu plündern, dann hacke ich ihm höchstpersönlich die Hände ab. Mögen die

Spiele beginnen.«

Wie es weitergeht, bemerkt Jake nicht, weil er voller Spannung auf den roten Faden achtet. Auch die Aktivitäten seines Freundes bemerkt er nicht. Sie sind auch nicht besonders aufregend, denn er ist gerade auf dem harten Stuhl eingeschlafen.

Minuten später halten alle, auch der erwachte Ferdinand, ihre Karten in der Hand. Jake hält ein Pärchen Könige, Ferdinand ein Pärchen Zehnen. Ein Zwerg erhöht, ein weiterer ebenso, und der rote Faden schiebt im ersten Spiel des Turniers alle Chips in die Mitte. Ferdinand, der sich lieber seiner aktuellen Müdigkeit hingibt, schiebt gedankenlos ebenfalls alles in die Mitte. Jake zögert, allerdings nicht, weil er seine Chancen ausrechnet, sondern weil er nicht weiß, was er machen muss und was zwei Könige bedeuten. Der rote Faden nickt ihm ermunternd zu, so dass Jake auch alle Chips in die Mitte schiebt. Ein Zwerg hält den Einsatz, der andere steigt aus. Der Faden hat ein Pärchen Asse, der Zwerg ein Pärchen Damen, doch der Zwerg gewinnt dennoch, weil nur er den Drilling findet. Der Faden verabschiedet sich freundlich vom Tisch und wünscht alles Gute und weist den beiden, dass sie ihm folgen sollen. Hinter einem Baum.

Nur wenige Meter neben dem Turniergeschehen, unterhalten sie sich.

»Schön, dass wir alle zugleich verloren haben. Darf ich dich um den Apparat bitten, Jake?« Sein Lächeln wirkt immer sonderbarer, doch immerhin fragt er dieses Mal. Jake händigt ihm das Gerät aus. »Hör zu, roter Faden. Irre ich, oder ist der rote Faden nicht eher symbolisch? Ich meine, jedes gute Buch hat einen roten Faden, aber er ist nicht so wie Du.« Während er tippt, wird der Faden erstmals, seit Jake und Ferdinand ihn gesehen haben, ernst.

»Ich bin in allen Geschichten der rote Faden, doch niemand kann mich sehen. Das ist mein Schicksal. Dennoch muss ich alles zusammenhalten, das ist wichtig. Hier, der Apparat, ich habe ein Ziel gewählt, auch wenn es, wie Ihr bereits wisst, unerheblich ist. Auch die Lösung tippte ich für euch ein, drückt einfach auf „O.K.". Bis nachher.«

Die Reise geht weiter.

*

»Aua!« Im selben Moment, in dem Ferdinand seinem Schmerz Ausdruck verleiht, ertönt nur wenige Meter neben ihnen ein „Poff!". Jake erkennt den roten Faden und sieht, wie er sich unterhält. Flüsternd hält er Ferdinands

Mund zu. »Sei ruhig, sonst werden wir entdeckt.«

Mühsam versucht sich Ferdinand aufzustellen, doch Jake zwingt ihn in die Knie. »Wir hocken in einem Dornengebüsch, Jake, das empfinde ich scheinbar als weniger lustig als Du.« Mit seinem Finger zeigt Jake auf den roten Faden, und Ferdinand stoppt seine Bemühungen, dem Gebüsch zu entkommen. »Wer ist der Kerl in dem Bettlaken?« »Keine Ahnung, Ferd, aber ich denke, er sollte uns besser nicht sehen.« Den Umständen entsprechend suchen sie eine halbwegs bequeme Position und verfolgen das Gespräch, bis der rote Faden verschwindet, wieder erscheint und nach einem neuerlichen „Poff!" abermals verschwindet, um erneut zu erscheinen, doch dieses Mal vom Druiden unbemerkt im stetig enger werdenden Gebüsch.

»Das war knapp, Jungs, aber er hat euch nicht bemerkt.« Dieses Mal greift der rote Faden notwendigerweise in Jakes Hose. Es ist einfach zu wenig Platz, als dass er selbst an den Apparat käme. Auf eine tiefgehende Unterhaltung verzichten sie, und der rote Faden verschwindet wortlos, nachdem er den Apparat bedient. Jake flüstert derweil zu Ferdinand. »Ich habe als Ziel unser Zuhause eingegeben, aber es wird wohl nicht funktionieren. Aber gib bitte die Antwort hierauf. Was ist das stärkste Blatt beim Poker? Vier Asse oder ein Royal Flush?« »Royal Flush.« »Poff!« »Sehr geistreich, Jake.«

*

Jake und Ferdinand stehen vor einer Tür in einem langen Gang und schauen einander an. »Cooles Outfit, Ferd.« Beide tragen schwarze Anzüge und Sonnenbrillen, auf ihrem Rücken prangt ein „Security". »Dito. Wir sind scheinbar wichtig, wie nett.«
Hinter ihnen befindet sich die Tür zum Konferenzsaal, in dem auch gerade eine Pressekonferenz beginnt. Eine der Türen des Flures öffnet sich, und ein kleines Mädchen kommt mit ihrer Mutter heraus. Beide gehen zügig auf die Tür zu. Das Mädchen drückt Jake einen Teddybären in die Hand. »Wenn ihm etwas passiert, sorge ich dafür, dass du nie wieder irgendwo arbeiten darfst, verstanden?« Ein Lächeln huscht über Jakes Gesicht, und das Mädchen verschwindet mit ihrer Mutter im Konferenzsaal. Kurz danach öffnet sich eine weitere Tür im Flur und ein großer, weißgekleideter Mann tritt aus dem Zimmer. Er geht auf Ferdinand zu und bleibt neben ihm stehen.

»Dein Kumpel hat einen hübschen Teddybären.«

»Das ist ein Sicherheitsbär, der kann Kung-Fu.«

»Verstehe.«

Die nächsten Augenblicke vergehen langsam, dann wird Moses Magnusson in den Saal gerufen. Die beiden sind allein. Der Mund des Bären öffnet sich, seine Haare färben sich rot. »Hallo Jungs!« Ferdinand wird euphorisch, wahrscheinlich immer noch leicht übermüdet.

»Hey, Faden, du bist das. Du siehst extrem albern aus, weißt du das?«

Mit seinen Tatzen signalisiert er Jake, dass er etwas tippen möchte. Jake lässt ihn gewähren.

»So, Jungs, die Reise ist fast vorbei. Ihr habt mir geholfen, den Plan umzusetzen. Danke dafür. Ich wünsche euch viel Spaß auf der letzten Etappe. Wenn Ihr richtig gut im Pokern seid, werdet Ihr belohnt. Ansonsten, ...«

In diesem Moment verlässt Moses Magnusson den Konferenzsaal und geht lächelnd in den Raum, den er vorhin verließ. Nur eine Minute später folgt Tilly mit ihrer Mutter und reißt Jake den Teddy aus den Händen. Kurz danach sind Ferdinand und Jake allein im Flur.

»Jetzt tippe ich nochmals unsere Straße ein, und unsere Zeit. Wir sollten nach Hause, denke ich.« Zustimmend nickt Ferdinand. »Eine letzte Frage: Neun Spieler am Tisch haben ein Pärchen, du hast das höchste Pärchen. Wie hoch ist die Wahrscheinlichkeit, dass du gewinnst, wenn alle All In gehen?« Verblüfft schaut Ferdinand Jake an. »Ich habe keine Ahnung. Was ist das denn jetzt für eine Frage?« Sorglos beginnt Jake zu tippen. »Das wird egal sein. Bisher konnten wir sowieso tippen, was wir wollten. Ich gebe einfach fünfzig Prozent ein und das war es dann.« Er tippt, doch eine Geleekugel erscheint nicht. Stattdessen verschwindet plötzlich alles um sie herum. Sie befinden sich in einem unendlichen Nichts.

»Ich schätze, dass war falsch.«

Der Rote Faden

Inmitten des Nichts stehen die beiden Freunde Ferdinand und Jake und warten, weil man im Nichts so ziemlich nichts machen kann. Aus dem Nichts heraus entwickelt sich etwas wie ein Boden, ein weißer endloser Boden, und auch das Nichts selbst bekommt nach und nach einen weißen Anstrich, wenn auch in Form von hauchdünnen Nebelschwaden. Allmählich werden diese Schwaden zu Wänden. Die beiden stehen nun in einem Raum, einem äußerst großen Raum mit etwa fünfzig Quadratmeter Fläche. »Das ist wie Fernsehen, Jake.« Gebannt schauen die beiden, was nun geschieht. Inmitten des Raumes steigt Nebel auf und verschwindet wieder, aber er hinterlässt einen Pokertisch, lederumrandet, mit sauberem Filz bespannt, und auch Chipstapel stehen bereit. »Die Sendung kenne ich aber nicht.« Ohne Nebel erscheint plötzlich Dr. Moses Magnusson. Mit gewohnter Coolness studiert er schnell das Szenario. »Euch beide kenne ich. Die Türsteher, nicht wahr?« Bevor sie antworten können, erscheinen viele andere bekannte Gesichter, einer nach dem anderen.

Nach wenigen Momenten stehen neben

Jake, Ferdinand und Magnusson noch Nero Winger, Lieutenant Hoover, Wild Bill Hick, Eric Bishop, der Druide Bluyff und Marlon Pate, natürlich ungefärbt. Ein allgemeines Fragen flutet den Raum. »Wo sind wir?« »Was machen wir hier?« »Wieso ist der Knabe da hinten schwarz-weiß?«

Bevor sie selbst Antworten finden können, erscheint ihr Gastgeber mit einem zumindest für den Druiden gewohnten Geräusch. »Poff!« Nun steht der rote Faden vor dem Tisch, während seine Gäste auf der anderen Seite gespannt abwarten, was geschieht.

»Es ist schön, dass Ihr hergefunden habt. Das verdankt Ihr übrigens den beiden jungen Männern dort.« Er zeigt auf Ferdinand und Jake, die dafür überwiegend frostige Blicke ernten. »Nun werdet Ihr euch fragen, warum Ihr hier seid. Ich werde es euch verraten.« Betont lässig, soweit es dem roten Faden möglich ist, lehnt er sich an den Pokertisch.

»Ihr habt alle große Abenteuer erlebt, die Welt gerettet, einen Vermissten gefunden oder ein kleines Mädchen besiegt. Doch das verbindet euch absolut nicht. Die einzige Verbindung, die existiert, dass bin ich, der rote Faden.« Die Gedankenpause bleibt ohne Wert, weil niemand weiß, wie es sich in einer derartigen Situation gehört zu reagieren.

»Ihr Unwissenden ahnt nicht, dass absolut alles in irgendeiner Form lebt, so auch Poker, und ich, ja ich bin Poker.«

Immerhin regen sich jetzt einige, insbesondere Magnusson ist sehr gespannt, während sich Pate darüber ärgert, dass er nicht einmal in diesem Szenario Farbe spendiert bekommt.

»Ich bin Poker. Poker steht für Intelligenz, für Gleichungen, für Spaß und Spannung, für Täuschen und Gegentäuschen, Poker ist Sinnbild des Lebens. Genau das haben eure Abenteuer gemein. Doch dabei belasse ich es nicht, denn ich verlange die Anerkennung, die ich verdiene. Daher fordere ich euch alle heraus zu einer Partie Poker.«

Das Getuschel ist groß. Magnusson stellt fest, dass er nach einem jungen Mädchen nun ein Streichholz besiegen soll, während Wild Bill Hick der Meinung ist, dass es nicht schlimmer werden kann, als gegen einen Kaktus zu spielen. Nur Jake ist richtig unzufrieden mit der Gesamtsituation. »Ich will mich nicht unnötig beschweren, aber ist es nicht von Relevanz, dass ich gar kein Poker spielen kann?« Bluyff stimmt mit ein. »Ich schließe mich dem jungen Mann an, großer Zauberer, ich ahne kaum, wovon du redest.«

»Schweigt. Wir werden jetzt spielen. Denkt

nicht, es geht hier nur um einen lockeren Zeitvertreib, denn dieser Tag wird eure größte Herausforderung sein. Wer ausscheidet, beendet nicht nur sein Spiel, nein. Wer ausscheidet, der ...«

Der rote Faden grinst in die Menge, die gespannt darauf wartet zu erfahren, was dem Ausscheidenden widerfährt.

»... der macht den Dealer, bis der nächste ausscheidet. Gute Idee, oder?« Er lässt keinem die Zeit, Worte zu finden, aber für Verblüffung reicht es noch.

»Die besten drei bekommen Preise, habe ich mir gedacht. Auch für Verköstigung ist gesorgt. Ihr bekommt alles, was Ihr wünscht. Wenn Ihr lieber gehen möchtet, einverstanden. Aber Ihr würdet mir eine große Freude machen, wenn wir spielen.«

Der Mensch lebt. Er spielt, er lügt, er täuscht, er manipuliert, er dominiert und so weiter, und so weiter. Poker ist all das und noch etwas mehr, und es bereitet ungemein viel Vergnügen. Natürlich kann niemand, nicht einmal die regelunkundigen Bluyff und Jake sowie der farblose Marlon Pate, diese Bitte ausschlagen. Die Freude der drei ist doppelt groß als Magnusson den beiden Anfänger das Spiel erklärt und Bluyff im Gegenzug einen Farbzauber für Pate findet. Alle sind zufrieden, insbesondere der rote Faden, der fröhlich kichert.

Das Spiel ist so spannend wie es kaum ein Spiel zuvor war. Die Chips gehen hin und her, große Karten und spielstarke Bluffs wechseln einander ab, Gegner werden gelesen und Fehler begangen. Es ist ein herrliches Spiel. Vergleichsweise früh scheidet Jake aus und muss den Dealer darstellen. Doch er wird eine gewisse Zeit später durch Hoover abgelöst. Den Höhepunkt findet das Spiel im Heads Up, als der rote Faden einen gewagten All-In-Bluff riskiert und diesen verliert. Damit gewinnt in atemberaubender Weise ...

... doch das ist eine Geschichte für sich.

- Ende -